汉诗
Chinese Poetry 丛书
2010.1(总第九辑)
里面有人

**编委会**

（以姓氏笔画为序）

王光明　叶延滨　邓一光
陈汉桥　吴思敬　董宏猷
韩作荣

# 汉　诗

出 品 人　彭小华
主　　编　邓一光
执行主编　张执浩
编　　辑　小　引
　　　　　李以亮
编　　务　万启静
责任编辑　方　苑
艺术总监　阮争翔
美术设计　杜　娟

法律顾问　金　岩（湖北今天律师事务所）

# 编者的话

诗人许剑有一个著名的口头禅：must。在酒后，在吵吵嚷嚷的群体聚会上，他经常会突然冒出这么一个单词："马斯特！"更多的时候他会一音一顿地说道："马—斯—特！ok？"这可能是我在人世间所听见的对英语最肆无忌惮地运用。这个自称"侨居"汉口的诗人，为了见到更多的诗人，经常不得不花很多工夫乘坐轮渡、公交或的士，辗转来到武昌，时而出现首义园熙攘的夜宵摊上，时而现身于劝业场空旷的街头。他认为这是must。在小许看来，一个诗人的must应该是很多人的must的总和：朝九晚五是必须的，喝酒、K歌是必须的，哄孩子、逗老婆开心也是必须的……，只有当所有的must都付诸于行为之后，"生活"这个名词才会变成动词，化成丝丝缕缕的牵绊、缠绕、束缚，才会实至名归。

写作何尝不是如此？

本期《汉诗》的主题为：**里面有人**。

我们试图向亲爱的读者们传递以下几点信息：第一，诗歌并不神秘，只是因为距离感才使一些人感觉到她有些不可理喻，而一旦你打开，你会惊讶地发现，相对于纷繁的宇宙、世界、社会和生活来讲，诗歌仅仅是一个简单的开关按钮；第二，诗人并不神秘，一样的喜怒哀乐、七情六欲作用于一样的血肉之躯，他们不过是更敏感，更能准确地"说出"这种感受罢了；第三，一首好诗成立的原因其实很简单，里面是否有人很关键，"有人"意味着有气味、体温、动静和立场，有我们人之为人的喜怒哀乐，意味着我们明知无望，却依然会矢志前行。

迄今，《汉诗》已经出版八卷，从本期开始除了对版式稍作调整外，将一如继往地坚持我们从创刊之初就高扬的"独立、前卫、探索"的立场，全面展现当代汉语诗歌的原生态，以健康、清新、真实的风貌见证和参与这个前所未有的时代，持续推动汉语诗歌的伟大进程。而这一切，在我们看来，同样是必须的。

# 目录 CONTENTS

2010
总第9期

## 编者的话

## 开卷诗人 004

姚风　作品
贾薇　作品

## 诗选本 017

小海　衣米一　扎西　高兴涛　张好好　朱零　杨铮
沙织　朵朵拉　黄梵　南方　唐果　心地荒凉　刘川
晶晶白骨精　方闲海　素影　轩辕轼轲　余小蛮　许欢颜
唐小米　叶丽隽　孙文波　余丛　小宽

## 诗摇滚 145

李皖：诗·民歌·摇滚乐
萧春雷：最好的歌词都在摇滚乐
洪烛：摇滚与诗歌
小引：一个叫木头，一个叫马尾
他们的声音：鲍勃·迪伦　崔健　吴吞　高晓松　左小祖咒

## 外国诗坛 177

克莱顿·艾斯雷勒访谈/诗选　程宝林　译

## 诗观点 187

卡卡：新诗，从五四到当下

## 高端访谈 205

荣光启 V 宇文所安、田晓菲：诗的规则与学术的规则

## 经典美文 229

许知远：中国的味道

# 开卷诗人
Open Page

姚风作品
贾薇作品

姚风作品

## 推荐语

姚风是一位个性成熟、质量稳定的诗人，诗作灵动而大气。多年来我就着迷于其诗歌颇富魅力的寓言特征，寓言化却并非姚风诗歌唯一的风格化特征，本期发表的新作，就显示了诗人多方面的创造力。对历史细节的勘破，对生活体验从具体到抽象的把握，都使他的诗既富感性的润泽，又具理性的深度。而一直游走于东、西方语言之间，诗歌翻译成就卓然的姚风，在诗歌语言意识上更是高度自觉，他的原创性写作有着一贯的节制和从容，下笔如有神，游刃有余。

（李以亮）

姚风的诗中有股"偏要对着干"的气息。在我看来，这是一个诗人的勇气，也是一个诗人的能力。他似乎毫不怀疑语言的完满性，尤其是当他在诗中面对纷乱的世界，无法解决的问题时，他努力想通过反向的语言运动来获得生命的真谛。他的现实性是自然和直观的，厚重、稳健，这让他的诗不借助飘忽的神秘经验，就可以直抵人心。

（小　引）

姚风的写作以东西方文化作双向参照，基本上形成了一种自足的风格。他的强项在于处理日常生活经验的同时，具有非凡的智性能力，能用迅疾而凌厉的语言将看似庸常、平静的生活提炼成警世的钟声。相对于喧哗的诗坛来说，这样的写作者弥足珍贵。

（张执浩）

**在圣玛丽娅医院**

从白色的被单中,你向我伸出一只手
它修长,枯干,涂着蔻丹的指甲
像梅花,把冬天的树枝照耀
这些指甲,这些花,你一次次剪掉
又让它们一次次怒放

它们,位于你生活和身体的边缘
但总是这么洁净,这么鲜艳
哪怕在这所
和国家一样混乱的国家医院

抓住你的手,感到褐色的血管隆起
血液蠕动,从红色的指尖折返
记得你在书中说:在死亡的肉体中
指甲是最后腐烂的物质

**景山**

夕阳向西山滑去
暮色使宫殿渐渐远离
游人纷纷下山
丁香在山坡独自开放
暗香浮动
引我凭栏眺望
日出日落,千篇一律
如朝代更迭
无非揭竿而起
无非腐败堕落
无非再揭竿而起
我兴味索然
更想知道
巍峨宫殿,三千粉黛

美丽的人民
如何度过
她们绝经前后的人生

## 大海真的不需要这些东西

在德里加海滩,大海
不停地翻滚
像在拒绝,像要把什么还给我们
我们看见光滑的沙滩上
丢弃的酒瓶子、针筒、卫生纸、避孕套

我们嘿嘿一笑,我们的快乐和悲伤
越来越依赖身体,越来越需要排泄
光滑的沙滩上,有我们丢弃的
酒瓶子、针筒、卫生纸、避孕套

但大海真的不需要这些东西
甚至不需要
如此高级的人类

## 阿姆斯特丹

驱车来到阿姆斯特丹,已近子夜
性都的名声,让街灯变得暧昧
甚至旅社老板的表情也像一摊精液

但什么也没有发生,对我来说

窗外,河流泛起清晨的反光
天空阴郁,在凡高纪念馆
向日葵折断阳光,在花瓶里成为姐妹
夜空扭曲,在月光中受孕的麦地

卷起疯狂的波浪

从画家忧伤的自画像中
我拎出一只滴血的耳朵,回到街上
发现阿姆斯特丹
人人都有完整而红润的器官

## 与马里奥神父在树下小坐

马里奥神父陪我走出圣安东尼教堂
留下耶稣仍在祭台上受难
我们坐在树下,风在吹,叶子有了方向
神父滔滔不绝,满脸神圣的表情之上
人间的红色粉刺含苞欲放
手指像哥特式的塔尖,指向云端
自鸣钟在那里敲响了虚无
信仰与上帝,罪恶与拯救
在苦难与罪恶的学校中
我曾背诵这些词汇,学习批斗肉体
在抵达的路上俯首,祈祷,仰望
如今,死去的人已经死去
没有死去的,向我描述地狱
而天堂,是我已被切除的器官
没有的时候,才感到它的存在
这存在隐隐作痛
马里奥神父不知道的疼痛

## 情人

在骨灰盒里
我的每一粒骨灰还保存着炉膛的余热
鲜花簇拥,对人世我恋恋不舍
我听见哀乐沉重徐缓

亲人节制但悲痛地抽泣
来宾在鞠躬时骨骼和衣服发出细微的声响
大公无私，光明磊落，低音的悼词
删除了我一生中的瑕疵
在悼词的停顿之间，我更听见了
站在最后一排右数第三个女人的低哭
突然间，骨灰盒闪出火光
那是我化悲痛为力量
每一粒骨灰又燃烧了一回


## 咸鱼

咸鱼如何翻生
你曾经在水中翱翔，寻找那根银针
曾经许下海枯石烂的誓言
曾经跳出水面，俯视大海
如今，你悬挂在太阳下
风，抽干你身体中的每一滴海
命运强加给你的盐
腌制着大海以外的时间

但你无法闭上眼睛
你死不瞑目，你耿耿于怀
你看见屋檐的雨，一滴滴汇成江河
一条咸鱼，做梦回到大海


## 卡洛斯

平时，他们被生活的沉闷所窒息
只有在此刻
当他紧紧地抱住安娜的头
才会低声说出：爱，还有死
仿佛死，是爱的极致，是天堂的地基

床单潮湿而零乱
像是海浪，又像是狂风
他们继续航行，或者飞翔
哪怕它们的终点，都属于大地

## 征服者

攀登珠穆朗玛峰的人
半路死了好几个
幸存的，登上了峰顶
他们面对镜头，挥舞着旗帜
让全世界都看到
他们征服了世界第一峰
只有被镜头省略的夏尔巴人
默默地站在角落里
他们是脚夫，算不上征服者
只要付给两千美金
他们可以帮助任何征服者
征服珠穆朗玛峰

## 放风筝

我租用了一个广场
给孩子们放风筝
我把广场打扫干净
清除了垃圾、痰迹、标语、画像
以及残留的血迹

我还以孩子们的名义
辞退了警察叔叔
穿制服的和不穿制服的

孩子们在风中奔跑

让风筝飞了起来
它们越飞越高
变成一朵朵彩云
我们望着天空
忘记了广场的租期

## 永远活着

从香港到圣保罗,漫长的旅行
飞机,仿佛被剪掉尖爪的大鸟
永远在星夜里飞翔
我困坐天空,似睡非睡
仿佛也长出翅膀
不停地飞,不再降落
甚至不会坠毁
这多么可怕,就像我永远活着

## 自由行

黄昏,澳门,新马路
车水马龙
自由行的马先生
遇见驴太太

一别经年啊
万物流转,往事如烟
心有千言万语
尽在驴唇马嘴间哽咽

谁都没有提起
那桩门不当户不对的无耻婚姻
谁都没有提起
那远在山西煤窑拉车的小骡

## 醉东风

**1**
我们歌唱，歌声抵达的地方
就是天堂。

春风推开窗子
掠走了我们的衣裳。

**2**
那些鸟，在树枝上诞生
在天空留下道路
最后在大地上死亡。

身体就是天空
我们曾经一起飞翔。

**3**
你交给我的
是不可能完成的任务：
快些治好
那些盲人的眼睛。

是他们让世界
有了更多的黑暗。

**4**
大海踮起脚尖
站起来，把一颗盐
放在我的唇间。

然后转过身
走向你的船。

**5**
抚摸曾经是个孤儿
四处流浪。

现在,他终于找到了
左手和右手。

**6**
我摘掉一片片叶子
只想看清
你结出了怎样的果实?

**7**
世界上只有两种人:死去的人
和正在死去的人。

我省略了遗嘱,但无法省略死亡
就像无法把你省略。

**8**
石头
终于开花了。

我搬来另外一些石头
当做绿叶。

**9**
你走了
为什么大街上还这么多人?

我依旧没有学会
离别。

**10**
我为你做的

别人都为你做过。

我为你做的
别人都没有为你做过。

**11**
天空一无所有
为什么树木向上生长？

通往你的路充满了饥饿
但你为什么给跋涉者
准备了水和粮食？

你让他走进了你的田野
你原谅了他内心的荒凉。

## 表演之后的列宁

（有人问：电影中，列宁演得怎么样？
克鲁普茨卡娅说：他演得太累了！）

银幕上的一九一八年
列宁慷慨激昂
不停地在红旗下挥舞着手臂和拳头
就像挥舞着斧头和镰刀
要实行无产阶级专政
要镇压地主和富农
要指出苏维埃的方向
还要把尚未生长的面包
许诺给饥饿的人民

只有在银幕外的深夜
他光亮的额头
才开始暗淡下来

在夫人克鲁普茨卡娅的怀抱中
他删除了领袖的动作
他睡着了
像一个劳累了一天的工人或者农民
打着响亮的鼻鼾

## 历史课

张老师终于来上课了
他教中国历史
上个月，他的独子被歹徒打死
就在校园的丁香树下
发现了尸体

张老师表情肃穆
声音苍凉
深陷的眼窝
把课室中仅有的光亮
吸进隧道里的幽暗
隐含的眼水
用一个人的悲剧
打湿了一整部中国历史

那一天，悲伤弥漫
黄昏也提前到来
窗外的丁香树不解悲情
散发出呛人的芬芳

## 花瓶

你送我的花瓶
我还珍藏着

看到花瓶里的鲜花
我会想到你的脸

看到花瓶的曲线
我会想到你的身体

其实,我宁愿让花瓶空着
我更喜欢
它上面素描的兰花

## 大海上的柠檬

我要了一杯红茶,你拿来柠檬
问我要不要加糖

我不喜欢加糖,但喜欢柠檬
在阿尔加维,我们坐在树下喝茶
树上结满了柠檬和鸟鸣
水太蓝,你把一个柠檬扔进了大海

此刻,只有风坐在我的身旁
不停扯我的衣衫
树叶喧哗,如波浪翻卷
我看见,一个柠檬向我漂来

整个大海
没有加糖,只有柠檬
只有一个柠檬

## 齐奥塞斯库之死

他高声朗诵诗圣柯什布克的诗句:
"宁愿雄狮般地战死疆场,

决不做套着锁链的奴隶。"
一个士兵把他拉出了院子
卫队举起了枪
他随即唱起《国际歌》
"起来,饥寒交迫的……"
子弹向他射来
他又喊:"打倒叛徒!"
又是一阵弹雨
他趔趄了一下……但没有倒下
反而挺了起来
然后像一根柱子似的
直挺挺地向后倒了下去

他是睁着眼睛死的
他至死都认为
不是人民枪毙了他,而是叛徒

## 中国制造的十字架

蓝色的工人们坐在流水线旁
正在打磨
一个个金属的十字架。

怀疑上帝
但不拒绝他的订单
但上帝是否知道
这些神圣的象征
在中国的生产成本
是多么低廉。

工人们在聚精会神地工作
神情像是充满虔诚
他们相信上帝吗
如果遇到问题

他们是亲吻着十字架
向上帝诉求
还是拎起卑微的生命
爬上资本家高高的楼顶?

## 黑压压
———观芭蕾舞《胡桃夹子》有感

拉开大幕,神奇的胡桃夹子
敲碎庸常生活的硬壳
原来里面还有一粒糖果
美丽的克拉拉
在一颗星星上踮起脚尖
把它放进我一日三餐的嘴里

谢幕了,从梦幻的糖果王国
我向身后的观众席瞥了一眼
黑压压的一片
一片的黑压压
有的在欢呼,有的在雀跃
还有的,不停的咳嗽
那咳嗽的,是我

黑压压地走出剧院,走进
黑压压的夜色
我的嘴里,已经咳出那粒糖果
它甜得让人忧伤

## 天使

临窗望去
看见皇冠酒店的上空
飘动着一朵白云

形状像是展开翅膀的天使
我甚至看见他在微笑
在夏日的阳光中

我知道,我的天使就是一朵白云
且高过皇冠

## 好男人

勇敢,在战斗中立过功
不吸烟,偶尔喝点啤酒
吃素
有点神经质
但对爱情绝对忠诚
没有婚外情

对女人来说
这算是一个理想的男人了
他是希特勒

## 你可以说,但不能……

今天之后还会有明天
但不能一概而论

最高的地方就是天空
但不能一概而论

所有的粮食都知道饥饿
但不能一概而论

动物园里都是动物
但不能一概而论

站着做爱的人没有床
但不能一概而论

比猪跑得快的是人
但不能一概而论

## 强光

我并不惧怕黑暗
它不总是隐喻
我甚至享受它给我的宁静
此时,我多想独酌
或者安眠
拥着满室的黑暗
是谁?给我搬来喧闹的光芒
就像躲在洞穴里的动物
突然被手电筒照亮

贾薇作品

## 推荐语

贾薇眼中的世界，是混沌又清晰的。混沌的世界黑暗无边，但勇于直面混沌且能够把握混沌并清晰表达出来的诗人何其少。她似乎十分擅长在现实和虚拟之间来回走动，像一幅画，喜欢在语言的边界处动手脚，婉转，意味深长。那是一个她说了算的世界，它可能是你眼中看到苞米和情人，其实不然，那是她的人生态度。

（小 引）

我以为，"口语"只是诗歌的文体特征而非诗性特征，故所谓"口语诗歌"获得其合法性本无可争论。在语言的诸多诗性特征里面，我坚持认为有无"言外之旨"、"韵外之致"又是衡量所有文字是否为诗的重要标尺。贾薇的诗无疑走的是纯正的口语路线，在她这里，"语言"，借用萨特的话说，并未"被它所传递的意念抵销"。贾薇写的诗探索的意义在于：她一面肆无忌惮地解放着历史强加于诗歌语言的负担，从而让它焕发出崭新的活力，一面又小心谨慎地控制着、建构着，以免诗的语言"空转"，失去其最必要的张力而被散文俘虏。

（李以亮）

与那些喧嚣的、姿态性的诗人不同，贾薇以一种沉潜的方式从另外一个侧面佐证了口语诗歌的魅力，她是少数真正领略了口语奥妙的人之一，不极端，不偏颇，勿需借助怪力乱神，她用尊重秩序的方式反抗着秩序，从而获得了语言的干净和明晰。在我看来，贾薇是在用一种简单的方法写隽永的诗——本质和终极意义上的诗。

（张执浩）

## 鞋子 鞋子

我说鞋子的时候
外面　灿烂的阳光
晒得我脚背发烫
你知道
鞋子　穿在我脚上
合不合适
你怎会知晓
那一日
我站在门口
认识已久的男的
递给我
一双鞋子
我弯腰穿鞋的时候
知道　他在背后
看我的臀部
我脸红　动作缓慢
为何　鞋大小合适
而你
从没有来我的家　和我单独坐坐
男的斜站
看眼前　一块大石头的阴影
他笑
我常在你背后
看你走路
知道　鞋的问题
也很简单
那一阵阳光多好啊
晒得我
全身都有些发烫
我接过鞋
和男的一起进门
紧锁　关窗
虽是白天

太阳在我门前停留许久
但是鞋子的问题
合不合适
只有我
一个诗人知道

## 老情人

许多年后
我回了趟家
家乡有很大的变化
房子越盖越高
道路也很宽敞
好些人不认识我
我认识的人
也大都　变了模样
有一天　午饭时间
母亲让我上街买醋
在不大的酱菜店里
我遇见了
多年前的情人
和他的　妻子
老情人不老
模样也还英俊
只是胖
他认出了我
神情复杂
难以表达
老情人的妻子也认出了我
脸色一下
起了变化
其实我很平淡
好多年不回家
好些事都已忘了

以后的一天
老情人来了电话
吞吞吐吐
结结巴巴
大意我听出来了
约我去江边
说说心里话
其实我知道
老情人过得很好
妻子温柔大方
家庭和睦向上
老情人　请你想想
请你想想
这样一来
是不是　有点儿
儿女情长

## 献歌

你知道我最想什么
东
我想一些与你有关的事情
妈昨天来信说
她很担心
我准备明天给妈打个电话
说你一切正常
今天又是场雨
积水淹了我家门槛
有朋友对我说
别一个人呆在家里
该出门走走
我带着狗　有许多不便
但也常穿过麻园
去最近的一家商店

买一瓶酱油
一瓶醋
两包榨菜　一公斤香蕉
一张晚报和
一包卫生巾

这就是我的献歌
东
你爱我
我爱你
剩下的我们以后再说


## 掰开苞米

那个晚上如所有的
晚上
苞米在村庄背后
轻轻摇晃
我站在门口等我的情人
他穿过一间厕所几间农房
一直走到
苞米地中央
月亮照着我和
手掰苞米的情人

此刻　村里没别的人
城市的声音远在百步之遥
我看见情人冷静的双手
在月光中
是怎样　掀开
苞米的内衣
使夜晚的苞米从里至外
有一种难言的金黄
我顺着月亮眺望

情人正怀揣苞米
走出静静的村庄
我肯定首先是苞米开花的形状
打动了情人
让他掰开苞米
如同解开我的口味
我返身进门
等脚步声和苞米的香味
洞穿我房门
我瞟一眼窗外的月亮
它敏感的笑容
让我加倍警惕
情人上楼了
他怀揣五只青春的苞米
选择一只递到我手上
我看看这周身裸体的苞米
看看敏感的月亮
呀　我轻呼一声
在情人面前
把掰开的苞米
丢在地上

## 亲爱的

身体不舒服没关系
亲爱的
不舒服咱们吃药
吃药不行打针
总会有办法
不舒服总会过去
可能会慢点
但不会一直不舒服
亲爱的

没有时间没关系
亲爱的
我们把最该做的先做了
一样一样的
再往下做
做不完也没关系
只要伤及不到生命
都可以慢慢来亲爱的
该做的总要做完
剩下的你不做也罢
亲爱的

没有钱也没关系
亲爱的
没有钱但也没饿着你
一样地过日子
早晚快慢都是一天
亲爱的
没钱的日子
好像也没少了什么东西
那不是钱的问题
亲爱的

没有性也没关系
亲爱的
性不是水
没有几天没关系
没有几十天也没有关系
没有几年也没关系
放轻松些亲爱的
没有就没有了
但天天有也没关系
性只是性
亲爱的

没有睡意也没关系
亲爱的
没有你就睁大了眼
正好透过窗帘的缝看到外面
亲爱的
对面楼里的女人在悄悄哭
对面楼里的男人和你一样
闭着眼睛却没睡意
都没关系亲爱的
在一些夜里
总有很多人是一样的
总有一些人无法睡去
亲爱的

没有幻想也没关系
亲爱的
每天忙个不停
每天说个不停
每天走个不停
肯定会少了幻想
但亲爱的没关系
真的没关系
幻想会悄悄来的
所以它悄悄地不来了也没关系
亲爱的

我知道你什么时候会痛
什么时候会疼
但没关系亲爱的
你轻轻地忍着
但不要忍着不哭
不要忍着就放弃
亲爱的
忍不住你就深呼吸
亲爱的

来
我们深呼吸

## 对不起

对不起　2003年10月的一条短信
像一支箭脱离出去
不管扎在哪里
不管扎得有多疼
收不回来
对不起　2003年11月的一次远行
不计后果地去了远处
回来有了好些变化
别人看不出来
但她是知道的
对不起　2005年2月的一次到来
对不起
整整一年的狂乱与欢喜
黑白不分
对不起
对不起　2006年4月的一个决定
十年朝夕付诸东流
对不起　2006年10月的一个下午
对不起
告诉儿子一个真相
声声大哭心碎至今
对不起　2007年6月的许多谎言
那个四门衣柜
有三扇被踹破
对不起　2007年8月的无数条短信
黑漆实木餐凳
劈下了两根
对不起　2009年7月的一个电话

儿子最喜欢的那面镜子
碎了
碎玻璃飞溅四处吓得他哭了
他忍着哭的声音不大
对不起
对不起
2009年之前的很多对不起
出生于1972年的周国斌
至今飘摇在外的他
对不起
出生于1998年的周子渊
他一直担心害怕
对不起
对不起　2009年之后的所有可能
对不起
我精心购买的沙发
书柜　餐桌　茶几　电视　冰箱
鞋柜　灯具　木床　窗帘　玩具

对不起

## 虫子

是突然就来的
一点准备没有
阳光从树梢尖上就下来了
照到地上
顺树干的几个侧面
照到发潮的草
发潮的花骨朵
发潮的枝叶
甚至脏的
一块鲜艳的塑料布

虫子出来了
越过树干的那些藤蔓
到树的另一个侧面
越过树下的石子　烂泥
杂乱的草
和野花
到侧面去
消耗不了太多的时间
当阳光这样下来
把所有的东西照得亮堂堂的
发潮的草和花和枯败的枝叶
全冒着热气

虫子出来了
它一刻不停
越过树的侧面到达一块石头
好大的石头
越过石头到了另一棵树
哦　是好几棵树
一个水塘就在边上
虫子不会顾影自怜
那些发潮的冒着热气的东西慢慢变清晰了
那块有些脏的塑料布
上面沾着一张糖果纸

虫子看不见
离那棵树已经远去一百米
途中经历的花花草草
虫子想不起来
它只是走
一只虫子迎面过来
它佯装不见
一秒也没停留
一直走到另外一块石头
爬上去

阳光已经升到正顶
抬头看到的还是树梢
光很刺眼
斑驳地漏下来
一直在走的虫子
不会对途中的花草有兴趣
不会对阳光照亮的东西有兴趣
越过树梢
它看见了远处
模糊的远处
毫不知情的远处

一只仿佛思考人生的虫子
在树的另一个侧面
悄悄
躺下来了

## 淮海北路

风吹
梧桐树叶
我前行
摸着他的臀部
但是伤感

一个冬天穿短裙的女人
大白天路过淮海北路
她过了马路
太阳昏昏出来了
我站在马路边上看
她粗壮的小腿

满地落的是树叶
风一吹

有些叶子
擦着脚边飞离淮海北路
细沙很容易掉进我的双眼
但我还是看见
远处的一个孩子往这边过来
他飞奔
要命地跑
他跑过我的面前
拐进淮海北路

不长的淮海北路
我一路摸着他的臀部前行
但是伤感

## 棉花啊

这是多么舒服的时刻
躺下来
靠着柔软的枕头
我的脸颊轻轻沾着它
外面的声音没有了
外面的喧嚣没有了
许多人的声音
慢慢远去
许多事情
慢慢远去
这一层薄薄的棉布之下
棉花是秋天收割的吧
它的种子应该在谷雨时播下
它长在新疆一个广袤的草场
干旱　少雨　太阳天天照
此刻我脸颊下小小的棉籽
在那样的季节十天就出苗了
四十天之后有了花蕾

花蕾怒放三十天
茸茸的白絮出来了
是新疆人收割的吧
好像不是
是几万四川民工
他们就住在离我老家不远的地方
去新疆收棉花
收完棉花再回四川
我脸颊下的棉花是他们收的吧
一公斤多一点
他们可以得到八毛钱

这一层薄薄的棉布之下
一公斤棉花有上万棵棉籽
上万棵棉籽有上万粒种子
上万粒种子有上万朵花啊
它们被四川人收进口袋
坐火车过平原　高山　峡谷
一路来到我的脸颊之下
我紧贴着它
软软的花朵
似乎闻到一些味道
许多声音都听不见了
许多声音都远去了
许多事情都远去了

脸颊之下的棉籽
是四川人收的吧


## 蚯蚓

我都是躲在暗处
深藏着难言的不为人知的快乐
在那里

我在暗中轻轻用身体触摸着
那些软的
有温度的和起伏的泥土
它们没什么颜色
它们因为躲在暗处
所以没什么鲜亮的颜色
在那里
我的每一次呼吸都是微弱的
但并不影响我感觉到的畅通
在那里
我的每一次蠕动都是微弱的
但是并不影响我的舒服
尽管我总是悄悄的
在暗处
我总是会被舒服的蠕动弄出叫声
虽然你听不到
一个微小的我
在暗处的叫声
但我还是会在深褐色的暗处
不管不顾地舒服着

我知道在我的上面
一层薄薄的软土
隔着我和世界的关系
阳光
蓝天
细雨
河流
我不能用更好的方式去感觉它们
我的感觉虽然没有颜色
但我是知道的
知道的我还是在暗处
悄悄地
弱小地
舒服着

我都是躲在暗处
即便暴露出我的一些舒服
也不会有人理睬
那些没有颜色的东西总是让人忽略的
即便我在暗处大叫
引来的只是和我一样
弱小的生命
我就躲在离光线几厘米的地方
悄悄快慰着
不快慰的时候我也悄悄无聊着
你觉得我的叫声有点放浪
也不会有谁关注
不会的

这是我一生热爱的
我觉得无比自由的
一种在暗处的快乐

莱耳 摄

莱耳 摄

# 诗选本

## Selection

小宽　余丛　孙文波　叶丽隽　唐小米　许欢颜　余小蛮　轩辕轼轲　素影　方闲海　晶晶白骨精　刘川　心地荒凉　唐果　南方　黄梵　朵朵拉　沙织　杨铮　朱零　张好好　高兴涛　扎西一　衣米一　小海

小海 的诗
XIAO HAI

## 雾中起飞

田野走进机场
马和马鞍爬上教堂的露台
大海的音箱放在膝盖上
长号戴上眼镜，在脑后扎成髻
快艇在海里演奏
奶牛在农场上班
仙鹤们在云山上采药
空姐都有面小圆镜
天空也有千万面河流的镜子

潮湿中走路
你会听不见一点声音
碰不到一个同路
家已经夷为平地
你抓不住那散去的雾

牧民们从机场退出历史的舞台
今夜谁给奶牛挤奶

## 波茨坦

轻烟般的蜂群
出没于森林公园秋千架
从林中小路望去
让我又误作警车
团团围住
想象中的警戒线
还有似曾相识的铰链
（也是蜂群舞动的把戏）
在波茨坦郊外
我以为擦火柴就可以点着的蜂群
让不爱看热闹的中年人掀开阅读史
讲解递给的对折纸包里有蜂蜜
而我恍惚中见到的蜂王
就是那警徽


## 巴黎圣母院

我去看巴黎圣母院是个早晨
冬天的早晨，没出太阳，有点冷
我去到她的内部，看到她的穹顶
壁画，祸害她的人或者魔鬼
没有看到。有蜡烛台和长椅
彩绘在朦胧的烛光里让我迷茫

我转到她有栅栏的院子和河边长椅上
另外一侧是呈放射状态的街道
有商店、邮局、住宅和贴己的风
这个早晨没有人想撒谎或者作恶
晨光越来越亮，几个拎包上班的妇女
高视阔步，匆匆走过圣母院广场
觅食的鸽子从天上、从塔尖落下来了
看得出，它们比我们更热爱这幢建筑

## 克什米尔

肮脏的纸币
在小贩的手指上翻飞
脸上的光和鼻尖上的汗
一并闪耀,像果实
照亮与生俱来的忍耐
他们会在夜晚跳入果子
没有手和脚,没有脑袋
白天喧闹的市场
有不为人知的死寂
兄弟相食,竞争和商业的庆典
垂死的小镇重新复活
源自丑时,管理者的喇叭
梦中第一遍就似曾相识
唤醒牝马、乌鸦和兔子
成为庄重、分裂的经典

## 阿姆斯特丹

黄昏之际,漫步在屏风般的街道两侧
城市,像停泊在夜晚海洋的航空母舰
火车站、宾馆、餐厅、酒吧、太平间
蝙蝠尤胜战斗机起落夜晚的空旷甲板
凑近了才能读出的词是今夜要摧毁的
周围深沉的海水像遗忘一样盯着你看
大街穿行文明的灯火,像喝醉的镜子

## 勃兰登堡市

又在那儿醒来
牛排在吃我们
他穿过市场的顽念

只是工作热情的箫
对应的小号
吃掉我们：像隐居

在勃兰登堡市镇醒来
相对应的是勃兰登堡门
三天后
我们回到柏林

## 读《藏地白日梦》

被雪控告的神
和流浪狗在一起
寂静森林上空
星星噼啪炸响
天使们悄声耳语
讨论发胖隐藏的因素
却无法阻止上涨的洪流
三个三重奏：
雪山、草原、经幡
心脏厌倦了跳动

衣米一 的诗
Yi Miyi

## 今生

我需要一间房子
来证明我是有家可归的。
我需要一个丈夫
来证明我并不孤独。

我需要受孕、分娩、养孩子
来证明我的性别没有被篡改。
我需要一些证件
红皮的、绿皮的和没有封皮的
来证明我是合法的。

我需要一些日子
来证明我是在世者,而不是离世者。
我需要一些痛苦,让我睡去后
能够再次醒过来。

我需要着。我不能确定,我爱这一切
我能确定的是
我爱的远远少于我需要的
就比如,在房子、丈夫、孩子、证件、日子和痛苦中
我能确定爱的,仅仅是孩子。

还有一种爱,在需要之外远远地亮着
只有我知道,它的存在
我并不说出
爱被捂住了嘴巴
爱最后窒息在爱里。

### 地狱的隔壁

地狱的隔壁
住着我,住着我的广场
住着我执意要养大的鸽子和差一点死去
又被我救活了的跳舞兰、金钱树
住着你,我的爱人
风和阳光都是自由的
我们的身体也是
在地狱的隔壁
门窗有时是开的,有时紧闭
我们互相抚摸
或者各自抚摸自己
怀着对与地狱一墙之隔的藐视
对地狱的藐视

### 关系

我看透你了
你说,才多久

可我的确看透了
你的正面和反面
我比所有的男人更能看透你
我比除我之外的所有女人
更能看透你
甚至,我比你的母亲
更能看透你

整个夏天,我们吐着葡萄皮
我们没有看到这些被我们吃掉的葡萄
长在葡萄架上的样子
整个夏天,我们吃着彼此

我看到了我
长在你身上的样子

我与你一个夏天的亲密
超过了你母亲一生与你的亲密

## 理疗室

几个不同的人躺在
几张相邻的窄床上
带着来自不同的原因，不同部位的痛
来自时间的痛。
第二张窄床上
一动不动地趴着一个老妇人
我只看到她灰白的头发
她撩至颈部的上衣
她裸露出来的微微驼起的背。
背上盖满了拔火罐留下的印记——
这一枚枚深褐色的图章
让她看起来像是一张契约
而且是快到期的。
因为看不到她的脸
这张快到期的契约
还是神秘的。

## 分离

我们各自拿走了自己的
那部分
过去被生活过了
过去堆积在地板上
成了废弃的证书、床单和旧瓷碗
我们都没有意识到

这是一个好日子
又有很多男女排着长队
去结婚

## 反着来

你要小心我会反着来
把夜晚过成白天
始终不肯闭上眼
就这么看着你

你要小心我把婚礼办得像葬礼
让每一个来宾哭哭啼啼
把他们埋在合欢花的香气里
从此流不出其他的泪

你要小心我提前腐朽
并且,事先藏好防腐剂
我也不再渴望填塞
而是不断掏空
我每天掏出一点点
直到无

扎西 的诗
ZHA XI

## 夫妻

两个人必须走完的路。
但是很多时候,其中一个会放弃。
擦汗,像劳动过后,短暂的休息。
今天我看到一对夫妻,他们手挽着手,头发全白,
不说话,也不甜蜜地对视。
时间使他们缓慢、臃肿,
无法改变他们的从容。

## 迷路

我迷路的愿望得到保证。
它是由父亲、我,和我的倔强完成。
我们在爱中仇恨,在仇恨中爱着对方。
我们无法依靠彼此,只有仇恨和爱,和孤独。

## 热情

作为一个对他人没有任何危险的人,
我觉得羞愧。
我甚至不会去河边钓鱼,甩一根线。
我只是对电脑倾注了热情。
我编排的愤懑的表情挂在博客上,证明我活着。
一个蠢人,只为自己活着。

## 弹丸之地

我在沈阳好多年了,
我仍然记不清路。我知道,
这是自我保护。我不是一个
能在外面独自行走的人。
沈阳于我也是弹丸之地。
我在弹丸之地,
才能快活得像鸟儿。
忙忙碌碌,忙忙碌碌,
不聪明,眼界不高,其实比什么都好。

## 世界美好

我看到一个人,写小说,
在床上躺了三十年,
刚刚学会站立,说话时,一脸天真。
哦,这样一张面孔,也能天真?
我疑惑着。但是他的目光,的确天真,
和因为天真而迸发的对人的喜悦。
他太爱人了——站着的人、交谈的人、写作的人。

他可能认为人就是美好,是希望与活力;
像远方逝去的水、城外群山,
暗示着美好。他微笑而热烈地望着我,
我也微笑着回望他。
我暗示自己:世界美好。
他才刚刚从世界后面走出,刚刚知道人的美好。

## 假期

在假期,我回家看到母亲,她坐在轮椅上,
呜呜地说话,因为口齿不清,又急于表达。
我微笑着陪她,替她遮掩身上的污渍,推着她在风中走;
每经过一个地方,我都告诉她,这是和社,这是北大沟,
这是人民桥。我知道她听得懂
这些我小时候的地方。因为她
不再说话,呼吸着风。
可是她精力旺盛,
当我不再推她,在另一个房间睡觉,
她又会呜呜地叫我。她害怕孤独,只愿到风里走。

## 悲凉

我在街上看到你,已经精神失常。
你不是你,只是一个我不认识的陌生人,
用脏乱封闭自己的心,
但是比我纯洁。你现在
一定认为自己是在珠峰、仙境,
当你微笑着在街上舞蹈,没有牵绊;
而我必须步履舒坦,看起来骄傲、幸福。
我从你身边轻轻走过,如同尘土,
一团向远处走去的尘土。
你感其悲凉吗?
因为凉不是凉,是无常。

## 与冯博、韩金凯兄等饮酒作

今天夜里,从酒店出来,
我望了望头顶的星空,
没觉得自己是在阜新。
关于这座城市和
我的出生地,夜空中没有标记。
我看见一团团云,透明和不透明的,
变成深蓝色的;一颗颗星,
闪亮和不闪亮的;我们想留住那一刻,
几个人站好,在内心允诺——
写诗,也是将这些夜晚保留住,
为明天多储存一些木柴一样的时间。
明天夜里,同样是若有若无的树木、出租车和
远去的友人,仿佛
真的有浩淼的银河在指示。你沉思着一些是非,
感受到自己的善意——没错,
对自己好一点,在心中
保存一片空地,让精神
时常去钓鱼,鸟儿啄着你的谷粒;
如同无知,过着简朴的生活。


## 静谧

风在抚摸你的头发,
也在抚摸我的;
风吹走你的悲观,带给我悲观。
我想到我们的联系,星空,行走的
距离和时间。
我埋头读书,像往常一样,
读着读着就开始写,
像沐浴一样沉浸自己制造的是非。
多少个月,我该如何对待
我们的联系,和我们之间
风吹过后的静谧。

**高兴涛** 的诗
GAO XINGTAO

## 他

他会写诗
会写诗的人
可以飞
孤独的　飞得挺美

他说
其实，他是在镇子里
造枪
威胁自己
只剩下他的时候
他常常感觉这是一种贫穷

## 落日

到了傍晚
落日在山顶上毫无价值地看着我
背过身去
影子就在前面
内心里的光阴啊
我
为单纯哭过
为理想哭过
为爱情哭过
当落日干掉时间
这些徒劳的哭声
像贫血的牛毛
还会在小镇里流蹿吗?

## 小镇

迷人的灯光
失眠的脚步
两三只鸟影
在北方或者南方
小镇,更像一个安静的词语
在我的体内。孕育着
河水流经村庄的欲望
牛犊吞下干草的欲望
月光折磨诗人的欲望

这一切,对我来说
有着与生俱来的内疚的欲望

## 悲伤

有时,我会默默地看着一片云
但不像村民在期盼雨水
欲念在庙宇的上空,盘旋
把一种形而上的抒情,交付于上天

在小镇
他们的内心,落满尘埃
却很少落到恰好的位置
在这一点上,我们一样失落
一样有着根深蒂固的悲伤


## 她的到来

那些积攒了几十年的孤独
被月光翻译着。在小镇
她们时不时地折磨我
像一个人身上的两种思想
谁也躲不开

仿佛一切均在情理之中
我都认可了。但突然掉下来的喜悦
我不知道,这是不是语法上的错误


## 小偷

我的脆弱折服了一切
使夜色孤独
使夜色下的小偷孤独
使夜色下的小偷,他高超的本领孤独地打颤
他是一个老手啊
他在偷入眠者的冷眼
偷他们的头衔与荣誉

偷他们美丽的爱情、浓厚的亲情
偷他们浪费掉的月光
以及半桌剩余的晚餐
偷微微的风、凉凉的意，夜晚
所有的沉默与声响
在此刻，他没能偷走，我对他的幻想

## 内心的深处

想起理想，倒在现实的利斧下
我还能说什么

你看我眼里的茫然
有多少水就有多少云雾
你在一天读完我的诗
像月亮那样安静
我不如一死了之

哪里有那么纯粹啊
一个人一生不能说两次假话
我喜欢的是一腔怒血
干掉诗人
干掉他们的矫情与脆弱
像这个拖了太久的秋天引爆自己

## 蓝天下

要偷偷地仰望
小心地说出：蓝
这里，今天的好或者明天的坏
要尽量说得有根有据
多少人都在这里活了下去
多少人没有幻想，没有一支笔、一张纸
也没有哭过

张好好 的诗
ZHANG HAOHAO

## 昨夜

昨夜,星座在我的梦中
发出骨骼坚定的声响,于是,
我用茶叶占卜远方的客人。
雪山深处,谁在击打铜钟。
仙鹤飘飘,芦苇荡和天风,
我手中的茶水又苦又涩。

## 冬日

冬天里的麻雀不声不响
蓬松的羽毛使它们看着安逸
暴风雪它疲倦了
用世界末日的死静
凝固一切可以凝固的
我在消失的壁炉前坐下
听消失的暴风雪的声音和鸟类的鸣啭
从前的世界翻身睡去,嘴角衔着花朵
现在的世界是黑白的梦乡
坟墓赤裸裸打开

窗外是白雪和白雪的道路
而我却视而不见向着上帝祈祷
给我白雪的道路和白雪覆盖的森林
给我松鹤的轻盈和林间的光芒
给我坚定的脚步和柔软的膝盖
从前的爱情翻身睡去,嘴角衔着花朵
现在的日子是泡着奶酪的白水
微微泛着琼浆的纯净

## 深夜

这是深夜。深夜里想一个人没什么了不起
我在最大的那面白墙上挂起一张中国地图
第一次觉得这只大公鸡惊人的嘹亮
第一次发现海洋之上漂浮的国土如此蔚蓝
既然这是我最终的恋情,我相信
会有更惊人的发现。

我用食指两点连成一线,根据时差
推算出你已进入酣眠。像一朵白云
飘在深绿色的池塘上方。一只白鹅
端庄地滑出芦苇丛。一枚月亮
得意洋洋摇摆它的金黄衣裙
你这年轻的布尔什维克,酣睡吧!
我愿意如此称呼你。就像我的故乡的男人
总把自己喻为年轻的哈萨克骑手

这张巨大的中国地图占据了我家最大的白墙
那些密密麻麻的地名就像一个个年轻的哨兵
而你的名字是一叶芦苇。它机灵地穿越万丈红尘
最后重归一座有山有寺有松鹤的城市
三尺白胡须的方丈每天清晨击打铜钟
这钟声沿着西伯利亚的雪线一路向西
我坐在白雪的莲花之上等待六月的普罗旺斯树。


## 平安夜

很安静,这多么好
屋子里没有人
小巷里没有人
马路上没有人
月亮也不在
翻翻日历

阴历初九
月亮很瘦
云层很黑
一只猫在奔跑
隔着窗子我喊住它
它回头看我对我呼喊
我奔下楼去
想要接它回家
为它洗澡看它熟睡
从此和它永不分离

大地冻得干硬
我在上面奔跑
想起萧红说
大地冻得裂开口子
就是这个感觉
所以我走得很急
竖起耳朵
像另一只奔跑的猫
在莫须有的月光下
走完了所有能走的小路
那只猫没有在谁家的屋檐下等我
我以为它是上帝送给我的礼物

这是平安夜
安静独处的日子
祷告什么呢？
冬天就会过去
总有那么一天我的小猫来到我的面前
它大声地对我说话
因为我会大声地喊住它
停下来，让我们一起生活
多么温暖，柔软，安静
开一盏小小的灯
你尽管酣睡

我尽管看书
大地舒伸如摇篮
空荡荡的土地复苏呢喃
我们慢慢走在园子里

不要再奔跑
平安夜我们如此祈祷

## 口信

并不是为她而来
却遇见了她
并不是为他坐在这里
却等来了他
用一朵黄雪莲来相认
她说从未见过黄雪莲
他说从未说过有黄雪莲这样的花
世事空空,收留者还在赤足远游
将信将疑,当事者留下口信
河里的我们一再转身

**朱零**的诗
ZHU LING

## 磨牙棒（5首）

### 作品

她生下来　是那么小
安静　毫无声息
过一会儿　我就要凑过去
听一听她的鼻息
我怕突然她就没有了气息　我屏气凝神
眼睛　一刻也
不敢离开她的脸蛋

我第一次解开
她的襁褓
她绿色的胎便
我来清洗
当我第一次面对
她皱巴巴的屁股
我不由得内心
一阵紧痛　这么娇小的屁股
我该用怎样的温情
去让那些褶皱
一一展开

我为她穿好尿裤
我凝视
这无意间的作品
让我有些羞愧
想起此前我爱过的那些女人
没有一个
能让我看上一眼
心痛一生

## 洗澡

我得陪她玩　哄她睡觉
她要舔我的手指
我要赶紧去洗
她要揪我的胡子
我要赶紧把下巴凑过去
方便她下手
她哭　我要笑
她笑　比我自己笑
还让人舒心
那一天她妈不在家
我给她洗澡
眼神有些游移
我不敢仔细看
她的身体
当我洗到她的下身时
"阴道"这个词在我脑中
一闪而过
她咯咯地笑　那么开心
丝毫也没有因为我的犹豫
而减少她的快乐
她那么小　却
用纯洁　和无邪
搧了我一巴掌
我的脸忽然红了　心嘭嘭地跳了两下
为自己刚才的愚蠢
和下意识

## 满月

她不停地放屁
不分场合和时间
吃饭时放　睡觉时放

来了客人　放连环屁
让她的父亲
有些难堪　她边笑边放
客人也尴尬　也笑
我边笑边解释
拿眼睛瞪她
她又放一个

我的朋友大平　一个老板
不停地放屁
不分场合和时间
吃饭时放　睡觉时放
来了外人　放连环屁
让他的朋友　有些难堪
客人尴尬地笑
我拿眼睛瞪他　他又放一个
我刚要解释　大平说
我一个大活人
能让屁憋死？

这道理
我刚满月的女儿
已然懂了


## 磨牙棒

小猪　手机不是磨牙棒
皮球不是磨牙棒
椅子背不是磨牙棒
你妈妈的乳头
不是磨牙棒
你可以把乳汁吸出来
但是
不能吸妈妈的血

妈妈乳房上的血
爸爸
也不能随便吸

小猪　2006年　爸爸
悲喜两重天
你的降生　让我
喜极　王叔叔的死
让我悲愤
还有一个人　虽然离我们
有点远　远在伊拉克
但一代枭雄
被自己的人民绞死
让人多少有些悲哀
爸爸说不清　这个世道
但是那根该死的绞索
应该是你
未来的磨牙棒

## 公主

今天她一岁
管所有人都叫爸爸
亲吻所有她叫爸爸的人
就是不亲
她的亲爸爸

今天她和一些公主比
显得淘气一些
穷人家也出公主
穷人家的公主
衣服便宜一些
裙子便宜一些
但得到的爱
够她享用一辈子

她出生以后　所有的人
都围着她转
在接下来的一两年里
全家人还得紧紧团结在
以她为核心的裆中央周围
洗尿布的洗尿布
擦屁股的擦屁股
喜怒她的喜怒
哀乐她的哀乐

一个公主
该尿床还是尿床
该哭哭
我是她的臣子
我不是忠臣　更多的时候
我是奸臣　太监
欺上瞒下
粉饰太平
指鹿为马

## 杨铮的诗
YANG ZHENG

### 我曾时常遇到的人

一个喝牛奶的人
丢开包装袋,在人民公园跑步
无论冬夏,每天我总遇见
长裤他或短裤他。

有时,多种多样的人群中
他很突出;我难得见他步履匆忙
我总是看见他这样,懒散的劲头
关于他最近的生活、以往的生活
都是潜藏的秘密;关于他的面孔
从我搬离天府广场后,就更加模糊。

### 香水村的人

香水村的人,面目模糊
他们日日畅游大海
却抱怨海水冰凉。

他们彬彬有礼却又赤身裸体。
他们在黑暗里发出喘息。
他们收集光荣证。
他们置身于人群中使人们集体费解。

## 空山新雨后

"空山新雨后"
既然这样说了,就必定有一批人
要去看看;要去看看
就必然要留下些东西,赞美或是
"也就是稀松平常"。

这样,就有必要说说我
密密麻麻的雨点,落在我的肩上
不偏不倚。我费了很大的劲
才观察清楚。
雨,的确是一滴一滴
落下来,落下来,落下来。

## 人物

摇荡秋千飞来飞去的顽童
在房湖公园;他们像蝴蝶
飞来飞去;三十年来,
我越来越等同于腐肉,忘记飞起来
落下去,飞起来——这样简单的快乐。
我甚至要动用
两个"飞来飞去"
去描述他们在这一天的快乐
去描述他们终究要忘个一干二净的童年。

我想,他们就是这一天的第一个诅咒
使我逐渐衰老、不堪
并且故做慈祥。

## 河流

现在,有必要说说
我两次经过同一条河流
我两次涉足这里,同样的漩涡也两次
从我脚上冲过。
这微弱窒息的河水,这散散漫漫的时间
这绿而黝黑的青苔。
(它们否定了我的想象,否定了河流宽阔的假设)

## 黄昏

雨天使黄昏来得稍晚
无需再多的言语,鹧鸪山
那样高耸的插向云端。
"一位大师说在高处的雪顶
使人敬畏"。或许,车流轰隆的声音
都会使神山变得多云,多怒,心神不安。

现在,我不能说黄昏里的光线
无比圣洁。我只能这样:遥遥地望着它
像这一车厢的人窃窃私语,
是因为黄昏刚到达鹧鸪山,而车还在山腰。

**沙织**的诗
SHA ZHI

## 温热的腹部

无边无际的白
混着老城区滤光镜下的黑

北风吹散了烟柱
笑声在身后猛地响起

臃肿每天正襟危坐
蝴蝶叶在窗前片片翻飞

这是厚重与轻薄
交错的冬天
这是坚硬如铁
又在高空缓缓飘动的冬天

除此之外
一丝无法解释地尖叫
像细小的金子灼烧着射来
像你的火车头
击穿我温热的腹部
击穿我温热的腹部

## 澳洲老桉

一天两次
长途大巴经过荒野的澳洲老桉
漫天尘土中
它只剩粗大的枝干
和几片厚实的绿叶
旅客也可认为它是非洲的波巴布
它的名字,我们不得而知

这奇怪的,单调的植物
将它的外貌植入我的视觉
在我脑袋里日夜轰鸣
仿佛要冲向异域
带我飞离,祖父的小房子
丢弃绣花的女子和做梦的男人
去蛮荒的新大陆,干燥沙漠的中心
经历一场未知的遨游

我已无事可做,没有人与物品可想
除了凝视它
看到它的心里面
那里同样长着一棵澳洲老桉
或许那正是,美与激情


## 秋天有只寄居蟹

秋天是一个季节
秋天对不同的人来说
是同一个季节
秋天对不同纬度的地区是平等的
秋天有只寄居蟹
在听黎明
滴下的水滴

时光仍在去年时
在肠胃病与捞金鱼的故事里
人人睡得像樱桃


## 制造新生

她令你独舞
一个人
扮演癫狂的四小天鹅
像吹饱的气球
那样欢快

当时月亮圆得不差纤毫
　一场大祸，将要临头

爱情具有赴死的快感
你善于制造新生
那些结束
遥无止境
另有一种，冰期般的美


## 寄托

这面干净少人的岛
我来过
这座奇幻拥堵的城
流光不落的星球
这场快开始的
飞船大战
我来过
这次远足
我从各处拾起了你
请将杀死一只沙织的余力保持到最后

**朵朵拉**的诗
DUO DUOLA

## 兑现的时刻

凌晨至黄昏
记忆着味道不同的阳光
有人希望得到夸耀

有人没打算记我一辈子
有人想着别的女人
却口口声声地相信

我变成每个人曾经的诺言
而没兑现的时刻

## 春梦残

我觉得我还能写写
写一个小女孩、一个小男孩
放学不回家
在小河边拉钩
交换信物
定在十五年后
他解开她粉色的小纽扣
然而只是梦中
只是你给了我一段春梦里最纯洁的部分
只是你不知道
小女孩自己独自系上了多少次

## 半生

我的前半生
注定属于风花雪月
舞池肉林
大大小小的性爱派对
众多内心复杂的追求者
最终在我这里
证明
时间长短与爱情无关
剩下的只有
他们扭曲的身体

下半生
我想休息
或者
为子孙后代
讲述肉身消逝的故事
如果
他不爱听的话
我可以付给他泡妞的钱
只要他愿意
听我的那些花花绿绿

## 罂粟,把今生的身体擦亮

我在梦中
种下了一片罂粟
看着它们成长
开花后
我不能避免为一个男人的恶习
多次回到荒芜的开始
离开美艳的花朵
停在一个剃须刀鸣叫的早晨

一段适合幽居
躲避的感情
非要我用尽了今生的身体
擦亮欲望

## 隐私之河

她以为自己是一个环保者
可独自走在
那条臭水的河畔
她依旧吃惊
于发现那条河的上游
漂来了一块卫生巾
她自己的东西
现在匆忙地
污染了已很不堪的环境
它身上
带着昨夜的一阵欢喜
她一定能
嗅出它也同样
带着那个老头的酒味
她为了环境
而迅速毁弃证物
可还是
破坏了环境
谁又知道
这是一条来自于城市
各个角落千家万户
隐私之处的河
她想没人知道
肮脏的东西之中
某个会是
属于一个花季少女

## 里面的东西

请在我孤独的时候
走向我的床头
你可以
说些扯淡的鬼话
比如像
国内的那些诗人
跟我说说他们深刻的爱情诗
也可以
默默地看着我
看着我
深深的眼睛
以及里面
万劫不复的欲望
但请不要动手
揭开我爱情的红毯子
里面的东西
光滑
美丽
曲线动人
但跟爱情毫无关系了


## 深喉

擦着夜晚的雨珠带来有风的下午
大汗淋漓的刺激走入七月偏北的深处
遇上一片北风呼啸

我愿意感觉到此刻的喉咙有一个雕刻上文字的开始
第一个字是像声词

雨过天晴掩埋了
我除身体之外的感受

自己不说别人也一定会知道那里
就是零五年到了现在
这个女子一直
在记录的痛苦里沉溺

黄梵的诗
HUANG FAN

## 诗人

一生的某时,他会回到唐代
也许唐代的牡丹花还没有盛开
只有酒在领着他穿过孤单。有时
他也把自己交给南宋,为已经入棺的北宋守灵

每个王朝只要开始,其实已经结束——
都把刚卸下了的包袱,又重新背上
都借助日出,完成了落日……
无权不灵的祖国啊,痛是你体内必需的盐分吗?

有时,他又是倒霉的李煜
他的爱情比常人更胜几筹,正是哀伤使他永远活着
后来,他就是我们,谁知道我们有没有白写?
——我们满脑肥肠,都想得到神光的照耀……

## 茫然

还在经历,你已成了盲人
不知道该怎样叙述,也看不清那个人是谁
只知道,还没过去的荒凉可以暂时叫茫然
每一天,它都像空气,托着快要掉下去的叹气

某只飞鸟,在某天也会茫然
茫然于某片树林越来越小
茫然于某条公路越伸越长
多茫然啊,它看过的某片美景只剩下了追忆

茫然也是车辙要找的地方
茫然已还不回你原来的清白之身
看着樱花惨白的脸儿,你会想它是否值得?
其实来不及想,你和它一样,还在奔波中茫然……

## 城市之歌

熟悉的服饰,熟悉的车流
熟悉的街巷中的落日
熟悉的街头的斗殴,只一瞬
我就厌恶了眼前的一切

是一场刚结束的阵雨,打开了清新
是鲁莽闯入的坏消息,在阻止中年的钙流失
是的,生活不能只用新的街道来验收——
仰望高楼,我惊恐于什么都以祖国的名义……

我们的城市无边广大,但有什么值得我们去热爱?
活下去,成了唯一的江山
平庸,成了我们周身的血
我们的口号绰绰有余,我们的亲人寥寥无几

## 树的去处

每棵树,都有一个去处
高背椅是去处,寺庙的廊柱是去处
让铁轮压在肩上的枕木是去处
让笔尖在脸上刺字的白纸是去处

有时,人们还搭起戏台来炫耀——
搭得再好的木台,也是树切切割割的疼痛
木鱼,已含着树木难以瞑目的余音
古琴奏出的《平沙落雁》,已含着斧子难以入眠的不安

人们新婚时搂着树的白骨
我们的一切幸福都是这样开始——
我们已忘掉了树死去的情意。那一声不吭的死
已被我们变成了生活中的各种排场!

## 空悲切

月光吃着野草
小溪流得只剩一把骨头
薄云在给星河戴上白纱
他呢,整夜在浪费时光

想到屈原就死在今天
他已经没有睡眠
到处都是屈原走动的声响
连几条狗也懂得"空悲切",不再狂吠

以后的日子,又与屈原无关
也许还会忽然变成王维——
告诉起伏的群山,失败也可以分行来颂
变成比桌子重的灵魂,令往事不再俯身向浮华……

# 你

你慢慢地走,让眼前的山岗慢慢地过去
让山感觉,你是会走路的小草、雀鸟
你是榆树一阵大笑的回报
你是幸福,已经静候在谁的嘴角……
哪里有风声,哪里就无可奉告
沉默才是你心里最美的一条山路
遥望山顶,寺庙已是我最愿收藏的那声长叹
被流水搅动的心,此刻还想读懂一汪清潭的踌躇

像野花那样倾听或忧伤吧,等着雨水倾盆堕落
等着滋养心情的叶子,又被山风吹落……
对于我,你的任何拒绝都是礼物——
想一想有过的失败,我已失败得津津有味……

# 悲哀

悲哀就像月光
照耀着岗亭,也照耀着胸无城府的人
照耀着新婚的红绸,也照耀着一咏三叹的戏子
告诉世界,悲哀也可以身轻如燕

一个人认出悲哀,需要许多年
当你打完幸福的电话,要看见悲哀落了一地
当你回归故里,要看见一地枯叶才是思念
见着大海,要看见它正怀着悲哀的身孕

或来听一折昆曲吧,悲哀会在舞台和你之间往返
一不小心,老生会踩伤你的神气
他只会用一座废弃的桃园,来答复你——
什么是悲哀?悲哀在哪里?

## 节日

冬天。天空已疲倦得像马路
而我站在一棵优美的梧桐树下
感受着像风一样瘦的节日
那些盆花,已在风中坚持了很久

那些乘车的人,还将没日没夜地赶路
他们要去远方探望那个叫节日的孩子
尚隔着千里,他们满心的酒气已经涌出来
他们还来不及悲伤,就成为我眼里的一个个过客

这个节日,我也试着到处走一走
试着把记忆像鸽子抱在怀里,不让它振翅飞走
试着用它过去的幸福,补平我心里的道道裂缝——
节日像浮冰一闪,让我知道恨也已晚

## 在海边

**1**

我还未嗅到秋天的气息
晚风徐来,像往常那样
淘洗沙石,躯壳
爱抚伤心人的脚背

鱼群悬浮空中
在棕榈树上,闲置的船板,在吐出
忧郁的沙滩

鸥鸟像是秋天的信使
地址遗失
在空气中不断盘旋

**2**

那低低的嗓音被咸湿的气味腌制
密封在大海深色的瓶子里

男人借助海水去远
女人掀起裙裾
光源来自她的身体
形同绝望与救赎

在八月的终点
记忆显然不忠
信使迷途
孩子们欢快地跑来,去洗刷脚趾间的细沙
结束梦幻的假期

**3**

我曾见过其他的秋天
色彩明丽,分割属于它领域的事物

但每一片海都有路径
一个预设的谜底
一扇通往天堂的门

但我被拒绝
被迫永远居住陆地

像一群
不明真相的傻瓜相机,被统一了
思想,仿佛悲伤也可管理

**4**

在这个即将消逝的
夜晚,信使早已返回

那么多黑色的语言
那么多细小的星球在轨道上逃奔

那么多喧哗与孤寂,那么多泪水
被静止,逼回泪腺

**5**

那么多的沙蟹停止了作乐
整齐地坐在沙滩

秋天来了
投下巨大的阴影

我们无知,如等待开学的少年

## 暴雨

暴雨之前,水蛾需弃暗投明
我独自坐在窗下
享用重复的时间
像磨盘的时间,踩住头顶
在我的屋子之外
外省了无痕迹
黑煤窑在天堂合唱
汶川宁静,豹子远遁山林
在动静的间歇中,死亡向死亡告别
秩序在秩序之外
人间重又点起灯盏
它借用了我的身体
在暴雨之前

## 需要

有时你张开手臂
没有杂念,没有任何怀疑

你需要抱
闻着奶香,需要相爱者的体温

有时候你抛开我
到院子外的草地上,看更高更远的事物

趁你熟睡
我低头吻你,很久很久

因为你不知道
我才是那个需要抱的婴孩

## 虚度

那远山是远么,还是山?
那流水是流么,还是水?
我是在看你么?

我在我之上
在我之中
云里雾里

秋天无心
如利刃插入我的心脏

远山之远不能了断我的妄想
流水之逝不能轻易使我立地成佛

秋风吹遍
我是低垂与挣扎的那一个
我是落地的那一个

# 唐果的诗
TANG GUO

## 从山上回来

从山上回来
仿若
从天堂降临人间

一条盘山公路
铺些狰狞碎石
像一盘蚊香
顶端青烟袅袅
下面积满灰尘

## 仇人的仇人是一块黑板擦

年轻时 我捏造了几个仇人
我的仇人天晴时强大
下雨时软弱
下雨时 我小心呵护
以免他们被雨水淋垮
我往往选择天晴与之对决
以此证明,我年轻的肌体里
从不缺乏激情和愤慨
现在想来 多么可笑
我用泥巴塑造,粉笔描画眉眼
我的强悍的仇人啊
他的仇人是一块黑板擦
黑板擦累了 依偎在黑板下

## 哪个更爱我

瓷砖说
冬天快来了
木地板却死守着
这个秘密


## 傍晚走过刑场

这里林木茂盛
野花丛生
这里鸟儿啾啾
微风轻拂
我有此美好心境
是因为我可以肯定
我不会
在这美丽的地方
被一粒子弹
或一剂针药解决掉
想到我的亲人不用噙着泪
抖抖索索地
为这粒子弹
或针药排队埋单
我腾空了心思
只为感受刑场的
恬静的黄昏


## 爱回来

爱回来
温暖、圆润、柔软
是鸡蛋滚进家门
是小猫蹿上窗台

恨回来
坚硬、带刺、噬血
是斧子偎在墙脚
是饿狼守在花园

鸡蛋是好菜
小猫抓老鼠
斧子劈柴
饿狼吃下病猫

它们是家庭的一员
你不能赶走任何一位

**心地荒凉** 的诗
XIN DIHUANGLIANG

## 麦当劳

一个漂亮的
女孩子
她大眼睛高鼻子
她阔嘴巴尖下巴
那么她递给你的
汉堡包是不是比
旁边那个丑陋的
女孩子
递给你的汉堡包
要好吃一点
我活在春天
刚长出来的树叶下
我喜欢这样的
漂亮女孩子
有时她能在
我心里开出
一朵非常美的花
这朵花她不凋谢
每次想起她
都能看到她
她还在我心里
她一直保持着
盛开的样子

## 少年时代

顺着河岸
我骑着破自行车
一直跑下去
河里的水在
自由地流淌
河对面是贫穷的玉米地
河这边也是贫穷的玉米地
麻雀飞起来
它们像一堆碎石
从玉米地里飞起来
然后在我的口哨声中
呼啦一声重重地落下

## 长江

凌晨,火车在汉口
停了一会儿,然后
火车继续朝前跑
我躺在床上,怎么也睡不着
于是我爬起来看向窗外
长江正好出现
火车像一把刀
从长江上面切过
但切不断大桥下面
那比我还要混浊的江水

## 她是我的好朋友

她是骑自行车过来的
她的自行车很旧
但被她骑过的自行车

再旧它都是一辆
像毛毛草一样芳香的自行车
我送了她一程
她比较远
她坐在后面
我用右手扶车把
左手握住她
放在我腰间的左手
直到在一个路口停下来
我才松开她的手
她说你回去吧
我马上就到家了
我说好
她是我的好朋友
她骑上她的旧自行车
过马路朝南跑去

## 有这么一天

谁都会有
这么一天
走着走着
突然发现周围
一个人都没有
除了使人恐惧的星空
就是令人绝望的虫鸣
你会有这么一天
他会有这么一天
我也会有这么一天
这么一天
我早已经历
我在这么一天里
想到过她
虽然也想到过

别的朋友
但我毕竟
想到过她
这么一天
它会很快过去
哪怕这么一天
它会随时回来
我只要能想到她
我就不会害怕

## 夜的手

你靠在墙上看着我
我正在把一些东西
放回它们应该
待着的地方去
夜的手是黑的
但已经被灯弄脏
只有明天的太阳
才能洗净夜的手
只有明天的太阳
才能烘干我们
内心的湿衣裳

## 刘川 的诗
LIU CHUAN

### 大城市

这座世界闻名的大城市
拆了、扒了
只是一幢幢
高楼、大厦
这座大城市
一层层扒掉
它冰冷的建筑
最后它的核
也只是
一枚批地盖楼的公章

## 今天阴天,省图书馆里就我一个人

图书馆里
这么多书
大部分都是
死人写的
而不管
全部这些书的作者
是死了还是活着
当我听说他们写作时
发疯一样无比投入
剜心刺骨死不足惜
也要把自己全部的灵魂
都放进文字里
我就害怕起来
这一排排书架上
得有多少个疯子的灵魂啊
一下子装满
我的脑壳
可怎么办啊

## 一个脏土坑

人都有一死
也都会有
一个土坑
随时准备把他埋下
我每次洗澡
往身上打香皂
抹沐浴露
想洗得干干净净
香喷喷的时候
一想到这个寸步不离跟着我的土坑
就觉得洗与没洗
最后
又都一个样了

## 关于一个喜欢浪漫诗意的诗人

我一向喜欢
在雨中散步
我喜欢那种浪漫的诗意
让细雨淋一淋真爽
但只限于
牛毛小雨
若是中雨或雷阵雨
我就不会出来
并且我看见
在大一些的雨中走路的人
我还会率先骂一句
傻子


建议,爱采纳不采纳
孔子的家谱
至今仍在传承
记录的孔姓子孙已经
第七十七代了
但我这个爱管闲事的
还是忍不住唠叨几句
这个家谱不全面
存在严重遗漏
因为它只记录了
孔子肉体形式的后人
却没有记录那些继承他思想的后人
因此,我强烈要求
把那些靠解读《论语》
研究儒学吃饭的大学教授
那些靠写孔学著作赚稿费的作家、学者
也一个一个记进去

让孔子家发霉的这个大黄本子上
挤满人名
让孔这个姓
成为中华第一大姓

## 成长之见闻

小时候我什么也不懂
指着县火葬场的大烟囱问
它怎么这么粗大
又指着百姓房顶做饭用的烟囱问
它怎么这么细小
今天我才明白
只有彻底吃不上饭的时候
百姓房顶的烟囱
才会一下子粗大起来
去插一插
历史那装满了死人骨灰的天空

为什么人间哭声一片
(根据一个噩梦整理而成)

这几天
天上经常会大雨一样落下来
一些胳膊、一些大腿
下满了屋顶与地面
二十一世纪
我们的神也学会
堕胎了
我们等待的明天来拯救我们的英雄
不会再诞生了

### 我从不泄露自己的天机

我常常是
半夜偷偷起来写诗
一写就写到黎明
抬头看看
金光灿灿的红日
伸手揪下一根它纯金的睫毛
缝上自己的嘴巴
上班

**晶晶白骨精** 的诗
JING JINGBAIGUJING

## 花边

湿漉漉的汗水
洇着湿漉漉的时间
一个个带花边的小圈儿
她伏在他身上
嘴里吐出小野兽的气息
吐出鲟鱼和涟漪
月光投向
这对深水里的眷侣
月光从来都爱慕
黑暗中的交易
它不像少女
要计较爱情和情欲

## 聚会

真相是什么
什么时候没了
浓厚的脸
把表情刷黑
刷蓝,刷紫
这些年轻人
什么时候散开
在夜里转悠
一满足就空虚
一空虚就满足
他们争宠时
她慢慢吃掉一只
漂亮的脐橙

## 小雪下了

她要多轻盈
有多轻盈
他为她吹笛子
眼神舒缓
唇型诱人
整个下午
姓冯的小伙子
头都不疼

## 公寓

他想
我不是她的蕾丝手套
天鹅绒内衣
不是她的小偷日记
她四十岁
依然这么有魅力
这令她们惊奇
好奇。他想
我不是她的面具
病历,更年期
他这么想啊想啊
已被她奴役

## 爱情事故

看风景
野草莓变酸
女主角和牲口
他虚弱
像头顶那一小片

光。仅有点亮
也教寒冷挟裹
缩在脖子里
和打颤的牙齿上
就是这么个男人
从期刊里
最后的部分
跳出来
眼睛一闭
嘴一张
她就大脑冒烟
小脑生炭
这一回
她不可想象地疯了
骑在骏马上

## 病人

我每天都要吃你
我的混蛋
你多么可爱多么好
多么合我胃口
在你里面
像是找到了我的药

## 方闲海 的诗
FANG XIANHAI

### 2009年的生日之夜

我吹灭遥远的蜡烛
独自站在阳台上
漆黑的夜
是我订做的大蛋糕

生我的女人老了
酣睡在爱我的恶梦里
伟大的子宫
报废了
更像一块墓地在生命中沉睡

比一个婴儿成熟多了
在无数个微笑的漩涡中
我幻想自杀
我忘了来到这个星球上
出自谁的馊主意

我已经弄懂了
什么是爱
再跟它打交道
变得困难重重

今天剩下最后几分钟
我没有收获
一丁点快乐
我想或许
世上最好的礼物就是这样子的
自己赠送自己
但什么也没有

## 点缀

我点缀
人
这一堆杂碎

感到贫乏

我点缀
自己
这一团阴影

感到苍白

本该
抛弃如此悲观
于新年的垃圾桶
可

我是谁?

古老的
俗套

莅临
在人世缩紧
脖子根
而
等死的
我

像一道
扭曲
迷人
的

魔咒
在今晚

点缀了滴水不露发疯痕迹的冰冻世界

## 鸟死了

旅途中
我喜欢阅读一本诗集
而在人堆积的地方
譬如有一次
公交车上
我却有过阅读诗集而不爽的经验
就因为诗
一行一行的
边上的人以为我
读到了天书
为了使他们诧异的目光
重新变得像现实一样黯淡
我必须合上书
我必须合上任何一首打开了翅膀的诗

## 昏迷

车厢里灯火通明
照亮旅途中
每一张疲惫的脸庞

站在大地上
这车厢只是一只人类的萤火虫
拥有着离别的自由
它在城市间流窜

窃窃私语的人
我想走上去揍上一拳
瞌睡的人
我想走上去踢上一脚

你们必须对
终点
发表点看法

装载着心中的阴影
不要将每一寸明亮享受干净
必须清醒

我站在大地上
这一节车厢沉入了黑暗
我闻到青草的香气

## 又见故乡的大海

一个血红的蛋黄从海底滑进天空透明的玻璃杯
被慢慢搅碎在云霄
这是我少年的营养早餐

在青年
大海露出性感
我携带了生命中的恋爱坐在她的边上

如今我欣赏着像肚皮上脂肪堆积的波浪从远道滚滚而来
充满累赘而无趣的肉感
这是我中年的大海

## 致看海人

我收到过这样的一个句子
在夏天
是一件礼物
"我发现海面上的月亮像是在自己宽大的客厅里"
那是她头一次见到大海

如果时光退步二十年
年少之我无法体验
她表达了一种美好的孤独

此刻我能体验
但已不可能
用十指去穿梭她那被阳光晒透又浸泡过海水的身体
那上面有一层薄薄的属于上个世纪的发咸的皮肤

## 李建春的诗
LI JIANCHUN

### 故乡已是一片荒场

可是故乡已是一片荒场!
有人破坏,无人建设,
有人砍伐,无人种植,
有人消费,无人保育,
这大毁灭几十年前就已开始……

我的祖辈、父辈犯的罪,落到这世代:
他们有计划地把山林斫尽,改成梯田,
如今连良田也无人耕种。
沿途所见,尽是茅草,小山包一年年稀下去。
一栋栋水泥立起来,却依然是水泥。
他们心甘情愿地被欲望驱使,跑到城市做贱民,
留下老人看守空荡荡的新家,
像经历一场战争后,满村孤寡。

上两辈人毁灭了精英,满腔合法的仇恨,
向全人类、几千年的文明宣战,
我们这一辈用吸引器、探针把孩子搅碎,
祭献给欲望之神,
那些生下来的,落入愚昧……

年关已近,村里一片空虚。
稀稀落落的鞭炮声,像发自大地枯萎的胸膛,
他们正在各省的车站里受煎迫……

## 贵妃雪

得先忍受冻雨的针扎,在贵妃雪
上岸之前。他们等啊等,像净过身似的。
唔,这么多人咳嗽,这么多人
流鼻涕,到捂着脸的白大褂那儿。

我坚持住了。我的冷与你相似,
我的热也没有去势。雪儿,你过来,
旁若无人地到这厢来。雾化器
震动,他们吸啊吸,为了治好自己的咽喉。

风风雨雨,这丫头真有一手。
我沿途咄咄,去汤逊湖看个究竟。
地产商整了一半的路面,在要命的冬季结了冰,
他们错误的判断竖着,脚手架也没有拆除。

汤池荡面纱。爱,腾起一片空濛。
对面的小山说:你看我,像不像蓬莱?
——你一点儿也不像,让人讨厌。
我火烧火燎,几乎伸手去探水。

她忽然哈哈笑,小指尖碰一下,又不见。
我站在岸上,昂首闭眼。她其实知道
我流了多少泪水,却偏说:
是你的恨,在我脸上后悔!

她火辣辣地搧我耳光!我真的这么傻吗?
如果不逃到附近的酒家,吃一顿鲜鱼丸,
让她,而不是我,吊死在一棵树上,
我会是发高烧的唐明皇,愁成少年白!

## 六爷

这击中我的温暖
来自轮胎外缘一样
粗而黑的手掌。
他显然为回家过年
买了一件新袄,
老人头的亮鞋
沾着一些泥。

递他烟,他就接着,
递他火,他就点着,
一连抽了六七根。
后来我停了。
他根本就没有烟瘾,
只是贪爱这好烟,
或不会拒绝。

他的老树根举起碗,
他的小儿麻痹症的儿子
也颤颤地举起碗。
我惊讶于煤
竟渗透了一寸厚的老茧,
使一只大猩猩翻过来,
外面是我和蔼的六爷。

六爷的妻子死得早。
六爷的植物人母亲
躺十年后,父亲也死了,
他把母亲抬到哥嫂家,
哥嫂又抬回来,他抬过去,
锁上门,一家四口
逃到贵州的某铁路。

他的三个孩子中

最好看的长女,却远嫁
千里之外,逃出了火坑……
这一去七年未归,
其间有多少变故。
他终于回来奔了丧,
因此也回来过年。

我陪他喝酒,听他聊天。
他聊什么?这一家发了,
那一家不行,什么原因;
感叹国家领导人某某
去年倒霉,又是雪灾,
又是地震!笑某某副省长
吃了大亏,手中没有权。

## 母亲在电话中催促

三天前,母亲在电话中催促:
"快回来吃鸡子……"我的心已飞了。
交接,收拾,留言,我与世界的关系
都在你眼里。

四十年印象,人事,水落石出。
我曾试图抓住其中的一些:
恋情,知己……驱车绕过阻塞,
郊区的建筑忽然松开。

不洁,杂乱,但已可望见天际。
我们的信心像这城市的能见度。
小丘、平林入眼,展开如记忆。

家……父亲安葬在背垴。
或许现在要纠正青年时代的不孝为时已晚。
入睡前拉开大门,满目的星星竟使我满足。

素影 的诗
SU YING

## Q友

对默而言
她是一个谜
她的所有资料显示如下:
年龄:100　性别:女
系中国Y省K市居民

在默的记忆里
Q友的头像变换过三次
依次是:一枝粉荷
一截坦露蓝色火焰的口舌
与一瓣三叶草的传说

大多时候,默是沉默的
Q友的个性签名
似一面面旗帜,招展而起
而她,总习惯为它们
贴上颜色的标记

"太阳好~~心情好~~~"
——海水蓝
"请不要只在梦里找寻我~~~
我~比梦里更真实~~"
——丁香紫
"皮大衣~让我一夜没睡好~~"
——尘土灰
"谢谢你的礼物~这个冬天我会一直很温暖~~"
——火焰红

整个冬天,默乐此不疲
第一场雪花飘向这个城市的时候
默在自己的个性签名中
敲下一行"轨迹~~",然后
又匆匆,将其删去——

## 爱如空气

你把钥匙留在了锁孔里
你推开车门,携好公文包走出去
你没有回头,淡淡地说了句:
"今天也许出差"
然后仰起头,看了看天气
此时,我重新回到驾驶的位置
方向盘上残留着你的体温
十分钟之前,我们正在
街边嘈杂的饵丝店共进早餐
半小时之前,我们正挽着手臂
从草木扶疏的小区走出来
一小时之前,我们停留在
一大一小两个盥洗间
分别整理着自己的发型与衣带
三小时之前,你在梦中嘟囔
而我直视着头顶上的天花板
五小时之前,我们拥紧各自的被子
相背而眠。八小时之前
你躺在沙发上,观看湖人VS公牛的篮球比赛
而我坐在电脑前,一边写字
一边与熟悉的陌生人,漫不经心地聊天
沉默似乎一直在持续,不知从何时开始
也不知将于何时终止
我们的爱如空气,但我坚持说:
是歌声,让我们分开了彼此——

## 半步铃声

允许我在这里画下斑马线
允许我从天边折转回来
允许我在冬日的枯枝上挂满灯盏
允许我虚构一片火树银花的不夜天
嘘,亲爱的,你莫要出声
要知道,这午夜的铃声,途经我们时
仅仅只有,半步的宽度

## 不朽的烟头

现在,那人从一本书中抬起了头
一截烟头,停留在食指与中指之间
似乎亦具备了睥睨世人的高度
我记得他习惯于举重若轻
他酷爱的香烟牌子是"555"
他在一首诗中这样写:烟头不朽
它一直躺在,少年时代的梦中——

## 四张机

一张机,说起北方,说起田埂
说起路人与旅途,说起云朵飘移
又是一场迟来的雪事

二张机,说起暝色,说起高楼
说起这一年愁肠百转,最后只留下你我
沉醉与忧伤的叹息

三张机，说起月光，说起流水
说起这农历十一月，夜冷，风急
窗外梅影憧憧，老树又发新枝

四张机，说起这新年伊始，说起脸颊上
张贴的笑意，说起吉星与鸿运
只不过是旧表翻做新里，年年如是

余小蛮 的诗
YU XIAOMAN

## 城市稻草人

你夺走我的麦子和庄园
夺走我的城市
我的心
麦子金灿灿地发烧了
你说爱我——这真是一把匕首


## 1900

斯大林转了一个漂亮的姿势
啪！声音是清脆的
圣彼得堡、《火星报》、激动的时代
1900

慈禧太后此时正谨慎地梳头
光绪还在睡。莲英捧着精致的妆匣退下去了
避难也头发一丝不乱的女人
攥紧国玺
义和团、八国联军，被你视而不见的国家
和1900

1900，契诃夫的肺结核还那么严重
在峡谷里会见玛克西姆·高尔基
多事之秋的全盛时代
这梅毒一样的1900

亲爱的1900，薄命的蝴蝶夫人那时还不知离愁
普契尼借出的灵感
还未打算收回
让我们疯狂地弹奏钢琴，在这个疯狂的年头

## 蜗牛你好

是的,是我在叫你
为了要你听见,我已经等了半分钟
穿过高速路你要小心——过往的车太多了
根本不会注意到你的努力


## 空巷

刚下雨
青石板俏起来
眉眼清晰

小竹竿晃呀晃
湿衣服躲起来

没有鞋子敲它
自己浪


## 愚人节

属于我的某个部分,肯定是个愚钝儿
不然,我为什么看到他们就难过
莫名的心疼。我感谢善待那些流浪的
愚钝者的好心人——假如我的那个部分
逃出身体,会不会
也能遇到一些温暖的对待


## 他们卷了一些烟

他们挖了坑
埋尸体。像埋萝卜

他们卷烟,坐在隆起的
土包上
偶尔起身,对火
没有谁
想起说话。

## 失乐园

我喜欢你弯曲,你变得面目全非难以辨认
你从树上窥视我——唤醒我
给我戴上玫瑰花冠,让欲望焚烧脸颊
那之后,世界是另外的样子,我是
极度欢喜过后的女人

**轩辕轼轲** 的诗
XUAN YUANSHIKE

## 超前

我总是太迟钝

唐朝时我死了父亲
北宋时我才泪流满面
大清传唱的主旋律
民国后期我唱得正欢

我总是被教训

大跃进开始了
我还扎小船准备渡江
独尊儒术了
我才嚷着要砸孔家店

这一次我要超前

我一仰脖喝了农药
利索地躺进棺材
三十年后
等你们赶来送葬

我刚好闭眼

## 转变

以前我是批判者
现在不批判了
成为一个歌颂者
不过
我歌颂的是
批判者


## 尖叫

尖叫声
不能阻挡住屠刀
这是个屡试不爽的道理

但是
从历史现在直到未来
每当屠刀举起时
手无寸铁的人民啊

只能
从嗓子眼里
举起尖叫


## 耻骨

我常想
如果不是因你耻骨的阻挡
我不知道已挺进到什么地方

早就穿过你的宫口和口腔
也许已经插入了云端

不论激战多久
每次都一样
我仅突破十几厘米的防线
最后还是一头雾水地溃退

唉
一块小小的耻骨
成了我的滑铁卢
扼杀了一次次浩浩荡荡的远征

我还想
它名为耻骨
立于你身上
却是专为我而设

正如
落凤坡专为羞辱
凤雏

## 卷耳
（见周南）

先是有了谎言
然后有了卷耳
把耳翼卷过来缝上后
谎言就成了耳旁风

风闻此事的周王
派出了蜂拥而至的兵
割掉一双又一双的卷耳
扔进大锅里
数万只浮沉的饺子
包着从前的谎言的馅

被我们流着泪吃掉
还蛮可口的
只是发明卷耳的人没法吃了
他被顺便割掉了头

崭新的谎言
又源源不断地冲来
我们冷笑着听直到再听不见
因为谎言已成为耳屎
把耳洞塞满

从此我们发明了手语
和亲友们交谈
因为连着心的十指是真的
它从不欺骗

许欢颜的诗
XU HUANYAN

## 曲子

我和它的关系,是我和我的关系。
我说出入,这无关色情。
我说踩踏,这无关新闻。
它是我的千军万马,是杀伐,是亲不到的嘴唇,是风
是一支弓里的寂静,是不可置换的爱的座位。
我缓缓落座,时间落水。

## 雨伞

下雨是过去时,雨伞
是现在时。它们都不懂语法。
但我懂修辞。我还懂
一个人的宿命感,比如说,
拐过墙角,遇见的第一个人,
你把这把雨伞
塞给他

## 雪人

你心里有一个雪人
然后,就下雪了。
你去堆好。眼观鼻,鼻观心。
风说不像。你不为所动
铁锹也说不像。
你在纷纷扬扬的雪地上坐了下来。
无需照镜子。生活嘛。
所有被说出、被看见的、被感知的
都是半成品。而形式感很重要。

## 日记本

她把活生生的喜怒扭进页码
但并不预备日后解剖的刀子
没有任何一种失去因此回来
没有任何一种消亡从此得到救赎
天下没有起火,纸上并无速朽,人心还在途中
一个人撒下纸屑的雪,正在自己身上抽芽

## 唐小米 的诗
TANG XIAOMI

## 雪后

踩着脚印走
不要惊醒积雪
绕开坑洼和凹凸
不扔石子
让石头继续在土里保持沉默
让水在湖里发一会儿呆
年近不惑
不要在寂寞时去打扰另一个寂寞的人

## 冰箱

不要责怪保鲜盒里的菠菜一再发霉
不要责怪不能从一而终的人
假如你有容易变化的本质
就不要轻易相信冰箱
最好的方法是研究食谱
怎样把嫩菠菜做成美味大餐
然后把它们吃进肚子

## 卒年

2010年最大的一场雪
带走了我奶奶
她闺名王躲86岁
临死前白皙瘦弱
我不想说她像一朵雪花落进雪里
临死前
她比一朵雪花还轻
她飘走的速度
比一朵雪花还快
我捧在手里时
她只剩下轻轻叹息就能吹散的灰

## 我羡慕的那群母羊

我羡慕的那群母羊
在低洼地啃青草　享受南来风
她们都有饱满的双乳和在村头
就能闻到的膻味

我一直嫉妒她们奶水荡漾
很女人很女人的生了一只又一只小羊
并奶大了我的表弟

我青春年少时就放牧她们
她们从未被吃空过
也没人能猜出她们的年龄

## 7·28

好几次，在唐山抗震纪念碑前
我用脸贴着冰凉的大理石

死去的人是焐不热的人
也有几次,我远远地看着
冰凉的大理石
他们把门关得紧紧地
死去的人是谢绝打扰的人
还有一次,隔着大理石我听到他们
在地下集市上吵吵嚷嚷
有一家终于把大理石门打开
贴出一张寻人启事
那时,风吹着树梢
一个淘气的孩子坐在纪念碑顶上
我隔着空气仰头看见他
看着这片被风吹到外地的小树叶
我只见过他一次
只有一次我的悲伤像纪念碑的悲伤
像纪念碑周围的梧桐树的悲伤

# 叶丽隽 的诗
YE LIJUAN

## 瓯江夜渔

他撒网,我划着橡皮船
月亮很圆,很大,除了对岸的山和山的倒影
整个江面光辉荧荧
桨声清脆而空旷
一段时辰以后,浮标缠绕在了一起
我们的船似乎又回到了原地
"哪有你这样,仰着头划船的?"
他开始收网,用力抖开打结的地方
不再说话。回去的路上
空空的鱼网散发着淡淡的银光
我挽着他的胳膊,安慰他
你看,多好的月光啊
走在月光里的我们
也就是生活在又静又深的水底下


## 星夜的教育

我们,地球上的每一个丁
一定与天上的某一颗星辰相吻合吧
所以我们
不仅仅隔着高山、大海、林莽、沼泽或者戈壁
也不仅仅隔着年、月、日
我们之间应该是光年的距离

难以逾越和衡量
所以这些年，我一人
安之若素，一颗星，独自旋转
直到今年七月
在青屋的院子里
当我用五百二十倍的天文望远镜搜寻夜空
才蓦然发现
大部分忽闪忽闪的星辰
其实都是双星，镜头里
两颗温润的小冰球，静静依偎
令我心跳如鼓
隔着亿万个光年
它们以无言的光辉
给予我初始的情感教育


## 苦夏

山风起时，屋后那棵百年古樟
摇晃得有如惊涛拍岸
院子里的芭蕉唱和着，高出院墙的部分
被撕扯成一缕缕
破碎的绿旗帜，不停地抛出去，又跌宕在一起

也许根本就不存在乡下的青屋、江滩、渡船和竹林
只有这无尽的风
对应着我想象的天空和一个幽闭者
心中的湖泊。我写下的
从来都是僭越之词

皮娜鲍什说，我跳舞因为我悲伤。我呢
至今不明所以——生活着并不断告别
我的中心分散在各个地方
对自己的理解，我已放弃。这个夏天
爱上一家淘宝小店，它所有的衣服，都叫裂帛

## 日偏食

她所经历的旅行
从来没有到达比自己更远的地方
也不能一劳永逸,"成为永久的大自然"
总得活着,总得去尝试
每一种新的错误
二十二日上午,丽水大地上,日偏食
世界的黄金被隐藏
她正骑车,从城北匆匆赶往城南
后面坐着需要托付的女儿
道路昏暗,凉气突袭
她骑得多么快啊
一阵越野的风生活的路越狭窄,她飞行的欲望
越强烈

## 登首象山札记之四

绕过棘丛,踩着雨水洗过的砾石,
今天的攀登是今年第一次——入眼的
绿色,我必须用葱茏来形容。很养眼!
虽然见过多次,我仍要说出赞美之辞。
六月雪、野山桃,翡翠般的山枣,
带给人安静的感觉。尽管我已经喘着粗气,
仍然陶醉于这样的安静——直到登上山顶,
直到在守林人居住的 望塔前坐下来,
回望平原,红砖村舍,波光粼粼的引水渠,
以及远方灰色薄雾中的城市。我想起
与人聊过多次的话题:一山有一山的灵性。
这座山的灵性是什么?不是它的名字,
是每一次置身其中,它都能带给我诗句。
今天同样如此——真是登山如洗礼。
它使我想说,山水对人的教育非常仁慈,
辽阔而绝对——犹如:"一切的峰顶"。

## 几个名词和一堆形容词写成的诗

语言的智慧是在诗中安下机关:
菊花谢了,梅花又开。嗡嗡的蜜蜂
正从千里之外赶来——这说明迁徙,
也说明时间倏忽而逝。并非歌赞。
就像听到夏日蝉鸣,不要以为生活热烈,
而是焦虑的块垒正在心中堆积。意义,
绝对不同。需要我们向更深处窥看。
是啊!我因此看见:一个人的青春是另一个人的
老年;一个人的今天不过是另一个人的明天。
这也像把语言交给山水:红杉和白桦,
成为物质的情人。进入是想象中的事。
你进入吗?如此提问很色情(色情,
没有什么不对),当你进入,绿是一种陶醉,
木香是另一种陶醉。何况突然野鸡飞出,
从你的头顶掠过,制造出的是惊喜。
仿佛你也自然了,在身体内蓦然长出苜蓿,
或者长出一片紫薇。你就此馨香四溢。
好像回到了最初的人——哦,最初的人,
这是奢侈,是浪漫主义的修辞策略。


## 六月事,我的暧昧之诗

庞大城市,我坐在街边,望着往来的人
就像看风景。苍茫不是一种感觉是现实。
它使我把遥远与梦想联系一起。我看见
有人把政治塑造得犹如先知,也编撰
人间喜剧。我的观看陷入旋晕。我旋晕,
恍惚看见再向前一程,我身后的世界
就会消失。我不愿意它消失。我心里
有无数具体图景:吃饭是图景。洗浴也是。
虽然洗浴已是暧昧之词;昏暗的屋子里,
洗浴成就辛酸故事。至于洗浴一词后面的

秘密，是说书者饭后嚼舌。千里之外的
听者，听到的只是一段传奇。语言的
意义在于永远接近不了真相。我们了解的
只是别人说出的。如果他们说刀在空中飞，
它一定在空中飞；如果他们说正义
是一把刀飞错方向，那就一定飞错方向。
很多时候，事情不是事情本身，是事情
与事情的关系。现在，什么关系才是
最复杂的关系？需要我们找到的是认识。
譬如革命。它使我遥想当年。但当年是
哪一年？如果我说，是我青春还在的一年；
是国家选择方向的一年。我遥想，头脑中
出现的不再是清晰画面，而是一团混沌；
旗帜没有飘扬，血液已经凝结，无数
远走他乡的人变成简单数字。让我不得不
发出叹息。然后陷入沉默。然后从当年，
一年一年向现在挪移。当年过后的第一年，
我曾在节日去广场，看到它空荡；当年后的
第二年我已经忙于生计。不单是我，
整个国家都在忙碌。我的不少同行摇身变。
碰到他们，我必须把忘记作为一剂药。
我知道正是这剂药，让我今天坐在街边，
望着左冲右突的人流，在恍惚中走神。


## 致——，反对朦胧之诗

语言的歧义，已使你成为风景，
开花的茶树，成片的牧草，飞驰的
汽车——面对它们我要说：这一切
中间仍然没有你——祖国，太辽阔。
我怎么知道，这是哪座山峦，哪片草原，
哪条道路。我只能做到的是在大脑里
建设一个反面的风景；剧院、中心广场、矿山
和儿童收留中心。我希望自己坐在离它们很近的

距离观看它们；又一场戏开演了，
一次集会将要进行，一些工人正在死亡，
一群儿童目光失神呆坐着游戏——
我要说这就是生活。它们明确而具体。
让我感到自己就是他们中的一员。他们思想，
就是我在思想，他们愤怒，就是我在愤怒。
他们吃喝，就是我在吃喝——这样多好！
尽管你可以说，这是一种我的消失。
那就消失吧。从此以后，我希望我不再是我。
我希望没有我——没有我，你以为这是放弃？
你以为这是虚无？你错啦！从此以后，
你会在每个地方，每一个人身上看到我。
你会发现我可能是一座戏台，一根华表，
或者，我也许是一张讣告，一些数据。

余丛 的诗
YU CONG

## 如果爱

在早晨,我会爱她惺忪的脸
爱她晨跑的节奏,爱她的汗珠

她挤眼时,我会爱上调皮
她撇嘴时,我会爱上撒娇

她指着左边的酒窝,我就爱
她右边的酒窝,爱她的老虎牙

爱她的首饰,爱她的连衣裙
爱她不小心化了妆的天使

她会在麦片里加上牛奶
我也爱她的早餐和巧克力

## 记事

我想写就近的马路
车辆在奔跑
妓女还在接客
我想写草木茂盛
露水污浊
偷井盖的贼鬼鬼祟祟
而一些民工
正在树上摘芒果

我想写黑暗的楼道
蹑手蹑脚
电梯间的笑面人
刚从领导家行贿归来
我想写瞌睡的保安
流出青春期口水
骚货呀骚货
躲到了天台上偷情

我想写离奇的梦
不靠谱的算盘
坐下来,点上烟
磨牙斗嘴的小日子
我想写写内心的寂寞
白天里流放
清醒时忧国忧民
不过是白纸上的黑字

## 青春

我知道,我错了
在面对年轻的身体时

我辨别不清美
而那些青春，让我激动

握着小拳头奔跑的身体
操场上旋转的身体
露脐装，低腰裤
那些身体

哦，是美擦肩而过
而不是青春
而不是向我飘来的长发
而不是汗珠里的香气

我看见，小妖精的尾巴
拼命缩小的背影
连这些身体
也从我的眼球里消失

是的，我错了
在措手不及的年轻面前
我想说出，我的爱
属于你们，而不是身体


## 我的舅舅

我的舅舅，有斧头、刨子和凿
还有电锯，是村里远近闻名的木匠
他的大徒弟在家具厂上班
二徒弟进城，干起装修的木活

在木匠铺，舅舅精巧的手艺
越来越简单，过去还会打个柜子
床或者椅子、茶几什么的
后来他只会打一口笨重的棺材

现在，连棺材也越打越小了
舅舅几乎用不上墨斗，丁丁当当
但工夫却一点不见得少
他说那不是棺材，而是骨灰盒

## 每天

这未曾见天日的往常
争分夺秒的祖国，夜半歌声
我有沙漏里的光阴
我有你又聋又哑的天使

不再限定在某个时辰
不再是晚上，而是宽裕的白昼
我披星戴月，日上三竿
我有通宵达旦的自由

这一天，我熬夜，催眠
消磨掉生前的白日梦
这一天就要成为我的每一天
没有倒计时，也不会有顺时针

# 小宽 的诗
XIAO KUAN

## 轻肥

我们坐在世界的烟囱上
追随那些烟雾
向上寻找无边的蓝

却只得到了一点白
连同一点冷

这里空气稀薄
月亮肥美
我们吮吸星球的汁液
沉睡在烟雾中

在梦里,一个梦滴落下更多的梦
一群梦坐在我身边
不说话
仿佛它们是每一个蓝

## 死亡的遗产

村子被浓雾包围
我还是被你惊醒了
奶奶,你去世一百天了
在这一百天里
我经常忘了你

其实不是忘了你
只是忘了你的死

死这个事实被一再忽略
大雾还在不停聚集
像死亡
乘坐一束束光
聚集到我身旁

奶奶,我清点你的遗物:
有我买给你的外衣
放药片的盒子
装零钱的小桶
一张空空的床

我算是你的遗物吗?
我的身体里存留着你的基因
我记得你腿上有一块疤
那天晚上
我身上似乎也长出了一块同样的疤

我的疤在模仿你的疤
我的命在模仿你的命
我的死亡在模仿你的死亡
它们互相交叉奔跑

它们早晚会见面
而这
就是你最大的遗产


## 瀑布

我要给每一个字装上永动机
邀请它们扇动翅膀
在夜晚,来到我的手边
它们围着我飞舞
透明的翅膀带来微弱的风

我命令它们停下
排列成为一行行的诗
它们停在空旷的孤岛上
摆弄手里的火枪
仿佛一群青春期的士兵

我招呼它们来喝酒
我是这座孤岛上唯一的巨人
它们扇动着翅膀
被酒精怂恿,一个个趔趄着脚步

它们醉了也没有去处
只能汇集成一行行的诗
顺着水漂流

远远看上去就像瀑布
月光照在水面
它们从悬崖上垂下来
诗歌里也能发出
瀑布的声音吗?

## 摸象

它皮肤粗糙,给我们坚硬的幻觉
在午夜,我们循着虚幻的边界,走过去
它朝我们张开眼睛

是在对视吗?
这个世界睁开眼睛
露出几颗恒星的光泽

我们搔它的软肉
叫它流出腥臊的汁液
如果灵魂是一把刀
把它插到世界的肉里
能刺破这漫长的黑夜吗?

世界在黑夜里
变成一头大象的孤独
它踩踏鲜花,吮吸一片片云朵
私处勃起
于是山脉连绵,覆盖满白雪

它在尘土里咆哮着交媾
我们揪着它的尾巴
去天堂

# 诗摇滚
## Open Page

诗·民歌·摇滚乐————李皖

最好的歌词都在摇滚乐——萧春雷

摇滚与诗歌——————洪烛

一个叫木头，一个叫马尾——小引

【附：他们的声音】

# 诗·民歌·摇滚乐

李皖

诗歌同源。最早的歌也是最早的诗,并且,最早的歌的范围当比诗的范围更大,因为有些东西是不能被文字承载的。诗的充分发展当在书面文字充分发展之后,到了近代,诗甚至可以跟歌没有一点儿关系了,虽然在它的灵魂里,依然暗暗踩着歌的节律。

诗与歌的孪生兄弟般的联系,可以从《诗经》、从唐诗宋词元曲——这些几百年甚或上千年的作品中一再地发现。宋词和元曲实际上就是歌,词牌曲牌就是歌的曲调;而唐诗也是有声的,即使不算唱,至少也是吟诵调最早的实践。变成无声的文字,或者变成有声的朗读,而不会意会到与歌的联系,是发生于新学涌入中国之后,传统发生了断裂,及至湮没。当然,它早就该湮没,作为一个太老的老古董,它的格式、墨守陈规和僵化,早已把可能的生命虚耗殆尽。

在西方,诗与歌的悲欢离合,经历了与中国大致相近的历程。但在传统的内部,诗与歌的分离并不像中国"进化"得这么彻底。比如:作为歌诗一体的一个基本形式——民歌,它的发展一直是源远流长的,并能在不同时期被诗歌界的不同实践所表现,所体认。比如:18世纪的苏格兰大诗人彭斯,他是诗人,也是歌谣巨匠,他的收集和整理使大量将近失传的民歌得以留存于世,而他最出色的杰作，属于那些根据苏格兰民歌调子所写的朴素的抒情短歌。以民歌的生命为源泉、为方向并写出"民歌型诗歌"的人，在世界各国都不鲜见，比如德国的海涅、西班牙的洛尔伽、法国的保尔弗、俄罗斯的叶赛宁、秘鲁的巴耶霍……都是十分出名的例子；甚至，法国的大诗人普列维尔，他的努力方向之一，就是用现代的口语和日常的生活，寻找一条克服现代诗与歌分家的途径。可以说，在这些大诗人笔下，诗不仅是诗的发展，也是他们民族的歌的延续，他们广泛运用歌谣的形式，以重唱和变奏来加强音乐效果。通常，他们也是最为音乐家所关注的，他们的词被谱了曲，他们的歌被人民喜爱。

在我们这个世纪，使诗与歌走得最近的当属美国的诗人。死于1931年的林赛是第一个把诗的实践当成某种歌唱的诗人，他因此获得了"现代行吟诗人"的雅号——如果我们对西方的文化有一点记忆，我们当知道，古代的行吟诗人，实际上就如同现代的弹唱歌手。林赛在中西部的生活，使他对黑人布鲁斯——也就是黑人的民歌，有十分深切地体认。早年他在纽约学美术，但不久就开始步行流浪，横穿整个美国，将他的诗歌朗诵给那些有着各种职业背景的劳动者听。他的某些诗作边页上注明了乐器和鼓的伴奏方法，而他自谓他的诗是"三分之二说，三分之一唱"。林赛自己是个优秀的朗诵家，自己用手鼓伴奏，灌录唱片；他把爵士乐的节奏引入诗歌，这些诗几乎是无法翻译的；而他的诗，如同黑人的布鲁斯一样，有一种热情和忧伤的调子。

另一个更出名的诗人是桑德堡。他与林赛的起步时间相同，但活过了40年代和50年代的动荡，诗歌生涯一直延续到60年代。桑德堡也是个民歌收集者，而且后期写作愈加倾向于民歌的风格。他朗诵，也是歌手——这一点往往为中国读者忽略，他的诗诵会一般是带了吉他，自己弹，自己唱（诵），在全国各地巡回。

摇滚乐兴起后，诗歌一体的创作在一定程度的中断后，第一次获得了大范围的复兴。但是，由于诗歌分离已在客观上形成了历史事实，诗歌界人士想必已忘记将这一方面的进步纳入诗的视野。尤其是近现代的发展，社会分工和文化分区越来越细，人们的视野越来越狭隘，越来越划地为牢。事实上，在摇滚乐这个领域所发生的诗歌事实，远远超过了任何一个诗歌评论者——尤其是中国评论者的想象。编这本书的目的之一，就是告诉诗歌的读者们：诗歌在当代的重要发展，有一部分是在摇滚乐中发生的。

并且，这一部分诗歌，是与当代受众有着最密切联系的诗歌。在切入生活的深度方面，在介入社会的广度方面，在与当代文化、当代大众的互动方面，在世态人心的反映和反应、捕捉和被捕捉方面，它们都是最有说服力、最具有考证价值的文本。摇滚乐的方向，显然，也会为我们诗歌的方向，提供某些有益的思索。

——它们是关注当代的，关注我们生存的现实。而它们引起的反应，是热烈的，甚至是狂热的。由于它介入的特色，诗歌不仅没有被世俗弃绝，反而被一代人的欢呼拥抱，甚至它的隐晦，它不断发展的复杂，也被并不高深的听众接受，你难以想象它的呼应层次竟会有那么广泛。"一大批群众性的听众出现了，他们对晦涩的容忍和不可思议的着迷丝毫不亚于本世纪上半叶的听众们对它的厌恶。""现代主义的高贵宗教通过了它最意想不到的阶段：它被吸收，并且——天哪！——被普及了。"（见迪克斯坦《伊甸园之门》）60年代的鲍勃·迪伦、70年代的佩蒂·史密斯、80年代的R.E.M，都是这样晦涩、复杂和介入式地写作并引起听众欢呼的代表。如果不是身临其境，我们几乎无法相信迪伦被一代青年人引为战歌的《像一块滚石》，竟是一个贵族小姐的破落史，当她终于与乞丐、流浪汉和玩杂耍的魔术师一起成了大街上的游民，这样的问句竟使那个在无穷动荡和时代变幻中的一代感到心脏被紧攥的疼痛：这感觉如何/这感觉如何/独自一人感觉如何/没有家的方向感觉如何/像一个无名氏/像一块滚石；而一个时代幻灭的巨大的回声，再没有迪伦在伍德斯托克音乐节末尾演唱的语句更为撼人：现在一切结束了，蓝宝宝/一切结束了，一切结束了，一切结束了。而历史确实就是这么延续的，佩蒂·史密斯是迪伦的孩子，R.E.M又是史密斯的孩子，他们都用同样的方式指证他们的时代，同时让同时代的众人感受到快意的渲泄和简捷的把握。前者喊道：我是如此年轻，我是如此他妈的年轻，给我点儿什么吧，给我点儿什么吧上帝（佩蒂·史密斯《特权（放我自由）》）；后者则像个寓言的讲述者一般发出了半醒半睡的梦呓：最大的马车是空的马车，也是最吵人的马车/领头的马，杰佛逊，我想我们是迷路了（R.E.M《小美国》）。

——它们发展了民歌叙事的传统，这种发展是突飞猛进的。我们可以在所有被称做"民谣歌手"的作者中看到这种发展，从内容直到形式，都有一些前人不及之处。有时候，这种诗意并不倚靠语言，也不局限于文人雅士所认为的诗意的范畴，而是一些非常形而下的、没有多少超越性的生活内容的升华。斯普林斯汀一直在孜孜不倦地书写着他的小镇生活；早期忧郁的朦胧诗人保罗·西蒙，后期却越来越随意，越来越不考究；比利·布拉格在爱情、生活和左翼思想之间写着抒情诗；拉里·安德森偶一为之的叙事佳作《不能说话》和《明天同一时间》，里面蕴藏着多么巨大的叙事美感，和躲在平凡琐事后几乎是无穷无尽的内容。这样的诗艺也可以在黑人女歌手特蕾西·查普曼的一首短诗中略见：昨晚我听见尖叫/墙后有很响的声音/对我来说/又是一个不眠之夜/叫警察无济于事/警察总是来迟/

如果他们能来的话//警察到了/他们说他们不管/这属于家庭纠纷/在一个男人和他老婆之间/当他们走出门,眼泪涌出了女人的眼睛/昨晚我听见尖叫/然后是一片死寂使我灵魂发冷/我祈祷但愿是在做梦/我看见路上有救护车驶来//然后警察喊/"现在维持秩序/请人群散开/我想大家最好去睡觉"(《墙后》)。可以说,摇滚乐中的民谣作品,是民歌叙事诗体的一次丰收。

——摇滚诗歌中还有相当一部分诗作,延续了诗歌中阴郁、黑暗的一脉,暗含着从爱伦·坡——波德莱尔——兰波——迪伦·托马斯——金斯堡——博罗斯的线索。这条线索包括了三个重要方面。一是它在题材上的启发,开启了揭示城市丑恶和人性阴暗面的闸门;再一是它的叛逆精神,奇异的幻觉和非理性的、怪诞的、超现实主义的意境,激发了摇滚乐中激进分子和叛逆分子的想象;另一是它的音乐性,这些前辈诗人的作品,不少都有易于朗诵、富于音乐内质的特色,与音乐目的暗暗相合。摇滚乐中与朋克相关的部分,尤其是那些吟唱诗人,迪伦、地下丝绒、大门、滚石、希德·巴里特、大卫·鲍伊、伊基·波普、佩蒂·史密斯、快乐部、耶稣玛丽链,都与这一线索密切相关;而属于重金属的一支,则用污秽的想象、过剩的荷尔蒙和无节制的丑恶堆砌,炮制出太多的文字垃圾,最终走向这一诗派的反面。值得注意的是,美国二战之后以金斯堡、博罗斯、凯鲁亚克为核心的"垮掉的一代"文学,与摇滚乐这一脉有着直接的启承关系。垮掉派的诗歌打开了摇滚乐感知的大门,并直接促成一些摇滚人物、摇滚作品、主题意念和表演形式的诞生。本诗集原意要收入博罗斯、爱伦·坡、托马斯等与摇滚乐密切相关的一些诗作,由于时间、篇幅,也包括一些资料的限制,最后只保留一首金斯堡的作品,列在诗集开篇,既是提示,也代表一种开端。

自摇滚乐进入中国以来,摇滚乐听众以及听众对摇滚乐的了解,都已有了很大地发展。但我以为,如果没有对摇滚乐的另一部分——和音乐相辅相生的歌词的相应深入的了解,我们对摇滚乐的认识就不可能是全面的,顶多是一种一知半解,甚至不排除误解的可能。从目前已有的诸多介绍,尤其是近年的一些介绍,我们看到,这种错误比比皆是,甚至,错误的判断、讹误的内容,在数量上远远大于正确、准确的译介。不要以为这无关紧要,标榜说音乐的语言是毋须翻译的,真实的情况恰恰是:因为文字的污染,这些译介已在很大程度上歪曲了听者对音乐的理解。

# 最好的歌词都在摇滚乐

萧春雷

早期的诗其实就是歌词。中国最早的诗总集《诗经》，就是西周至春秋中期的歌词总集。那时候，诗与歌联姻，是一家人。文人开始创作诗歌后，使用书面语，渐渐不好唱了，但因为吟唱的传统十分深厚，诗与歌还藕断丝连。

唐诗是可以唱的。唐人薛用弱的《集异记》说过一个旗亭斗诗的故事：有一天，王昌龄、高适和王之涣在旗亭喝酒，几个歌伎在一旁唱歌劝酒。第一个伎女唱了王昌龄的"寒雨连江夜入吴"，第二个唱高适的"开箧泪沾臆"，第三个唱"奉帚平明金殿开"，又是王昌龄的诗。王之涣很没面子，就指着最漂亮的那位伎女说："如果这姑娘不唱我的诗，我自认不如；如果她唱我的诗，你们等下拜我为师。"轮到这个美伎唱，果然是王之涣的"黄沙远上白云间"。三人笑成一团，伎女们忙问缘故，知道眼前的客人都是著名歌词作家，殷勤侍候，三人大醉而归。

宋人不大唱诗了，他们唱词。柳永就是当时最著名的歌词作家，有"凡有井水处，即能歌柳词"的说法。柳永依靠这手艺，整天在花街柳巷中厮混，死时穷困，妓女们凑钱埋葬他，"每春日上冢，谓之吊柳七"。据我所知，中国古代文人死后，只有两人形成了纪念节日，一个是与屈原相关的端午节，另一个就是吊柳七。

到了元代，诗词都太书面化了，于是出现了更通俗浅白的歌词——小令与散曲。诗歌的发展有一个大趋势：越来越精致化、案头化、阅读化，而日用口语的趋势是越来越浅白。明清以后，因为两种语言差距越来越大，诗与歌终于分手。

中国的新诗是从西方领养来的义子，与中国古代诗歌没有血缘关系。其语言、形式、美学统统是西方的，从翻译诗学来的。

早期的新诗是很不成熟的，受浪漫主义影响，像大白话，妇孺能解，适合谱曲，例如胡适的"我从山中来"。随着新诗的发展，也越来越书面化。新时期以后，现代主义逐渐成为诗歌的主流，为了表达丰富的内容，诗人往往用象征、隐喻、意象、通感、跳跃、反讽等多种手段，使得诗歌文本相当复杂，晦涩难解。北岛、海子、西川他们写作时就没有想到让人们唱，而是指望人们坐在桌前细读，揣摩。你关掉音响，读上五六遍还不一定懂，遑论过耳一两遍了。

这种诗歌越写越深涩的趋势，也引起了一种反动，那就是口语派的崛起。在现代主义的文化中，口语派原来只是一股逆流，蹦跶不了几天，就会变成穷途末路的口水诗。偏偏这时候整个文化已经转入后现代主义，口语派获得了强大的文化思潮支持，有成为主流的趋势。

口语派降低了诗的难度，距离歌词比较近。所以，歌词成了口语派诗人的另一个重要阵地。当然，大量口水诗人也蜂拥而至。像很难读到好诗一样，我们也很难看到好的歌词。

我写过一段诗歌，诗友很多。就我的观察，精英派诗人都很清高，一向瞧不起歌词，认为那连末流现代诗都算不上。崔健和罗大佑的歌词很不错，作为诗来看就不怎么的；没有哪位诗人会夸三毛的《橄榄树》写得好；《鼓浪屿之波》那种歌词，要贴钱人家才肯读的。

同时，现代诗被谱成曲，并不会增加诗人的光荣。例如余光中的诗比较适合谱曲，但只有外行才捧余光中的诗，诗人更欣赏的还是台湾的洛夫。徐志摩的诗适合谱曲，他那个水平，本来就只适合写歌词的。

摇滚兴起之后，情况有了改变。旧诗和传统音乐强调美，意境。摇滚与现代诗都不相信这一套，认为那是粉饰生活。他们痛恨虚伪，强调直面真实，反抗平庸。摇滚乐与现代诗两拨人马往往互相越界，于是我们能听到很好的歌词。

朋友谢挺喜欢摇滚乐，曾在读书沙龙做过两次介绍。他算得上是我摇滚乐的启蒙人。他介绍了当下中国的歌词创作状况，大力推荐左小祖咒、万晓利、周云蓬等人的作品。左小祖咒是一个奇人，横跨艺术和诗歌界，参与过著名的行为艺术《为无名山增高一米》。他的歌词还不错，但他太玩世不恭，唱得怪里怪气，不是我喜欢的类型。万晓利来厦门演出的时候，看过他演唱《狐狸》等，绘声绘色，表演得很好。他的歌词很多都不错。

周云蓬9岁失明，15岁弹吉他，19岁上大学，21岁写诗，24岁开始随处漂泊，曾在北京"找了一份盲人最古老的职业街头卖艺"。听过他的歌，你不会说中国的音乐人不关心现实，他的《买房子》，唱出了"房奴"的辛酸；他的《中国孩子》广为流传，极具震撼力。但我以为他最好的还是《如果你突然瞎了该怎么办》，它不像歌，没有旋律，只有低低的伴奏，似乎是电脑提问，一群不同的男女来回答，词很棒，堪称优秀的诗：

"我要去跳楼/我要立即向我的女友提出分手并祝她幸福/我要去杀人杀死我一生中最仇恨的人/我无所畏惧吃泥土喝阴沟里的水/……我在一个陌生的城市饿死、冻死安静得没有人哭泣"

我觉得，最好的歌词作家都在摇滚乐里。

我最怕喧闹，很少去卡拉OK厅。但有一次在歌厅听到谢挺唱《蚂蚁》：

"蚂蚁蚂蚁蚂蚁蚂蚁蝗虫的大腿/蚂蚁蚂蚁蚂蚁蚂蚁蜻蜓的眼睛/蚂蚁蚂蚁蚂蚁蚂蚁蝴蝶的翅膀/蚂蚁蚂蚁蚂蚁蚂蚁蚂蚁没问题……"

歌词像诗句一样精彩绝伦，我精神一振，忙问是谁的。原来是张楚的，成名十几年了，我却一无所知，实在惭愧。我央求他多唱几首，结果他把歌单上张楚所有的歌都唱了一遍，包括《赵小姐》、《孤独的人是可耻的》、《姐姐》等。

有些摇滚歌词很有冲击力，但干枯得像口号；有些摇滚歌词很美，但不免矫情。张楚的歌词非常冷峻，跳跃，有张力，意蕴丰厚，像诗一样经得起反复寻味。我的见识有限，听了张楚的歌，便相信他是中国最好的歌词作家。

美国民谣歌手琼·贝兹也是谢挺介绍给我的。她的声音清澈，忧郁，富有磁性，尤其是一曲《钻石与铁锈》，令人感伤。我在网上收集了所有能找到的她的歌。每次听完重金属音乐，我要再听听琼·贝兹，才能回过神来。《钻石与铁锈》的歌词完全为叙事，很一般，但很真挚，据说是表达她与鲍勃·迪伦之间微妙情感的。所有的歌迷都希望他们心中的摇滚皇帝与女皇结成一对，但终于没有。

鲍勃·迪伦可是写歌词的好手。在《杀人执照》中，他唱道：

"男人以为他可以随心所欲，因为他是世界的主人/如果这世界不马上改良，他会去再造/哦，男人发明了自己的坟场/那第一步便是接触月亮/可是有位女人在我的街头/她只是坐在那里当夜深得万籁俱寂/她问："谁，会去没收他的，杀人执照？"

他在写诗呢。但鲍勃·迪伦最著名的歌曲是《答案在风中》，歌词非常考究。他的声音低沉、沙哑，听起来有点散漫和满不在乎。琼·贝兹也唱过这首歌，清亮明净，大不相同。有一次两个人在舞台上共用一个话筒，合唱这首歌，很有意思。

美国的摇滚歌手往往自己作词，水平很高。最让我难忘的是看奥利弗·斯通导演的电影《大门》。这是一部介绍门乐队主唱吉姆·莫里森的传记电影。莫里森吸毒、酗酒，百无禁忌，他的歌词极其出色。可惜我只能通过中文字幕理解，翻译得不大好，但仍然富有冲击力。在1968年的一次演出中，他唱道：

"歹徒住在湖边/部长的女儿爱上了蛇/蛇住在路边的一口井里/到早晨，我们就能看到家门了/晚上我们应该就能走进去了/太阳，太阳，太阳/月亮，月亮，月亮/我会得到你，就快了……"

两年后莫里森就死在巴黎，这时他在迷幻药的帮助下可能已经疯狂，才能写出如此精彩的句子。

吉姆·莫里森的最大愿望是成为一名诗人。我觉得他的确是优秀的诗人。

## 摇滚与诗歌

洪烛

我应该算是摇滚的票友,并且以这一身份为荣。我跟二十年的中国摇滚还是挺有缘的。早在武汉读大学时,作为所谓的校园诗人,我就天天在宿舍里放崔健的磁带了,觉得他的歌词挺带劲:看来摇滚与诗歌应该是亲戚。1989年春天,快毕业了,我四次投奔北京联系工作,接触到的各路文学青年,都不议论舒婷、北岛与朦胧诗了,而改谈崔健与摇滚。记得是3月份,写小说的狗子和写诗的黄燎原,领我去东便门观象台看摇滚音乐会,人头攒动,好不热闹。我想不起共有哪几支乐队现场表演了,只觉得那些脑后长发系成一束的摇滚歌手（新时代的辫军？）绝对比诗人更像诗人——至少在忘我的程度上。沧桑的古城墙，年轻的摇滚歌手的脸，交相辉映，构成北京留给我的第一印象。我喜欢这座三教九流的大码头。黄燎原当时似乎就跟各大乐队厮混得很熟了，一边给我介绍，一边不断地与别人打招呼。难怪他后来不当诗人改当音乐人了。

现在想想，哥们也算最早的那一拨儿北漂。那段时间白天结交江湖好汉，晚上就去北师大伊沙、侯马、徐江、桑克等诗友的学生宿舍蹭床铺。和我一样"插班"北师大的，还有来自黑龙江的诗人中岛，以及伊沙的西安老乡张楚。伊沙他们一谈起崔健就激动，正在为摇滚推波助澜。又说张楚拎着把吉它就闯京城了，歌词写得好（伊沙最赞叹那句"一个长安人，走在长安街上"），将来在实力上可能跟老崔有一拼。张楚瘦削而灵活，一副喜欢逃课的外省高中生模样，腰带挂着单放机，穿一双拖泥带水的高帮皮鞋。在灯光昏暗的学生宿舍，一群校园诗人挤坐在一起，听摇滚小青年张楚自弹自唱他个人作词谱曲的歌谣，先是《西出阳关》、《欲望号街车》、《黄土地》，接着是刚刚被《词刊》登在头条的《失落城堡的居民》……伊沙告诉我，这些都是张楚的第一盒磁带《将、将、将》里的作品。他特意请张楚为我弹唱了《将、将、将》："我吃自己的车，我吃自己的马，我吃自己的炮——我吃自己的心。将！将！将！"张楚那优秀的歌词乃至后来的成功，跟北师大那班诗人的影响与推举不无关系，譬如伊沙就撰写一系列文章为其鼓与呼。当然，那班诗人本身也成功了，陆续成为诗歌界乃至文学界的一方诸侯。

夏天过后，伊沙他们大多毕业分配回各自省份，我在中国文联出版社找到工作。有一天门房告诉我："有个剃光头的男孩找你，在你办公室等着呢。"我推开门：原来是失踪了几个月的张楚。他说前些日子四处漂泊（在北大和中戏都住过），终于在芳草地托人租到一间楼房，安顿下来后，就来看看我。

由于徐江、桑克仍滞留在北师大，我和张楚，还有侯马，仍经常回老根据地探望。有一次聚会，张楚从木架双层床上提起帆布行囊，说要去西藏采风了（有音乐机构赞助了一万元钱）。归来已是白雪皑皑的冬天，张楚的农民式面庞被高原紫外线晒得黑黝黝的，他兴高采烈地拉我们去师大咖啡馆喝啤酒，告诉我们他最大的收获是带回一首《藏红花》。他从牛仔裤的后兜掏出一张揉皱的纸片，上面潦草地涂写着文字与乐谱……

几年之后，张楚火了。和台湾滚石公司签约，罗大佑等把他视为大陆摇滚界具将相之貌的独行侠。台湾魔岩公司出版的《中国火》《中国人世界的摇滚乐队精选》称他为"中国最寂寞的传说"。中央电视台及各地电视台反复播放张楚的KTV《姐姐》。接着又有被众人传唱的《孤独的人是可耻的》、《上苍保佑吃饱了

饭的人民》……

在北师大听张楚弹唱他的《蚂蚁蚂蚁》,我写了一篇文章:《张楚,冬天的蚂蚁的方式》。策划《外省人在北京》丛书(中国文联出版社出版),我亲自撰写一本《游牧北京》,其中回忆了与张楚及北师大那群诗人的交往。我们目睹并参与了中国摇滚一条小小支流的诞生。

90年代,我在《东方明星》等一系列报刊开有专栏,除了多次撰文描绘张楚,还发表了《崔健:周游列国的摇滚皇帝》、《唐朝乐队:秦时明月汉时关》、《王菲与窦唯》、《摇滚诗人:从崔健开始》……力图从诗人的角度来评价中国摇滚。这些文章,又收入我与伊沙、徐江合著的《明星脸谱——一部给明星"点穴"的酷评》一书(中国文联出版社出版)。

江熙(江小鱼)是我80年代并肩成长的诗歌兄弟。他从福建来闯北京,我们在《诗刊》王燕生处又碰上了。他密切地参与中国摇滚的发展进程,成为崔健的经纪人,还策划了诸多有影响的摇滚活动。动物园对面城市民谣酒吧开业庆典、黄燎原不插电酒吧的摇滚演出,黑豹等乐队在王府井大酒店的摇滚音乐会,都是江熙出面邀约我前去的,他觉得诗人都应该对摇滚有兴趣。

上世纪末,我在《粤海风》发表一篇《摇滚与诗歌》,谈到作为文学中的纯文学的现代派诗歌,以及作为艺术中的前卫艺术的摇滚音乐,事实上走的都是一条"有中国特色的道路":一条激进的路线,靠声势与煽动性感召狂热的读者或听众。但既然有发烧,也就有退烧。它们是一对患难的情侣。王朔称"崔健是中国最伟大的行吟诗人",是崔健把诗歌精神注入摇滚领域,还是以摇滚的鞭子抽打着放慢了脚步的诗神?总之,他就是摇滚与诗歌的混血儿。他受过诗歌影响,又反过来影响更多的诗人。连被我视为摇滚诗人的伊沙都承认:"在我成为诗人的进程中,崔健的歌词对我的影响甚至超过了北岛的诗。崔健其实是中国最棒的诗人,看他的歌词我们这些专门弄诗的都该感到脸红!将来真正的诗歌史,肯定有崔健一章……"伊沙创作受到两大影响:其一是美国嚎叫派诗人金斯伯格,其二是以崔健的代表的中国摇滚音乐。同样,摇滚也是一种嚎叫,一种配乐的嚎叫——或者说,是人与乐器的共同嚎叫。崔健的成名作《一无所有》,就是一声无产阶级的嚎叫,使周围的听众(包括诗人们)的血一点点热起来。不管是摇滚抑或诗歌,都应该是一门热血的艺术。诗人用语言嚎叫,摇滚人用音乐嚎叫——究竟谁才是他们嚎叫的对象呢?伊沙的代表作是《饿死诗人》:"饿死他们,这些狗日的诗人。首先饿死我,一个用蓝墨水污染大地的艺术杂种。"矛头直指诗人群体,其实也等于直指自身。可见这些大嗓门的青年,乐此不疲地在对自己嚎叫呢——其结果却感染了别人。我为自己鼓与呼。

# 一个叫木头，一个叫马尾

小引

## 1

武汉的四季中我最喜欢秋天。记忆里，武汉的春天太短，夏天太热，冬天太冷。唯有秋天脚步缓慢，经常到了12月还不见冬意。漫长的秋天一点点从浓烈转向开阔，风雨明晦的日子，站在珞珈山顶远眺，湖岸弯曲，远山迷漫，亭台掩映在树梢，像极了南唐董叔达的淡墨山水。

哲学院的贺念给我打电话时，我还在网上浏览一篇文章。他在电话中问我几点去ＶＯＸ酒吧，唔，晚上约了几个朋友去听民谣音乐专场。匆忙从家中出来，沿着东湖去关山，2008年秋天的武汉，暮色霭郁，云层低垂，秋风不停地从江北吹来，正萧瑟。

上周也是这个时间，贺念约我去地质大学附近的ＶＯＸ，他说周云蓬晚上在那里有场演出。ＶＯＸ酒吧，很早以前去那里喝过一次酒，门脸不大，二楼，一百多平米的空间挤满了来听音乐的年轻人，贺念说，这里现在是武汉地下音乐的集散地。地下音乐，我已经很多年没有听到这个名字了。时间过得真快，转眼二十年，我喜欢的音乐都带着旧报纸的气息，那些打口带、老吉他、翻抄的乐谱、吹不响的定音器，恍如隔世。咳咳，喝汽水的年代已经远去了。

不过周云蓬，我还是知道。不久前在网上听他演绎过一首《九月》，当然还有他的那首《中国孩子》。

《九月》是诗人海子的一首诗，周云蓬唱起来凄婉动人又遥远高亢，简单的吉他配上暗哑的嗓音，一听就让人怀旧。有一个晚上我曾经坐在书房里反复播放它，音量开到很小，音符断断续续，若有若无，像用一根丝线勾连着什么，却又并不真切。仔细倾听换弦时手指滑过琴枕的声音，平静中的颤抖，轻薄如草原上的白云，又如微风吹动山岗。很有些"国破山河在，城春草木深"的味道。

为这首诗谱曲的人叫张慧生。和海子一样，张慧生也是自杀身亡的，他去世后，这个曲子也就再没有人唱了，但不知什么原因，居然周云蓬把这个作品保留并传唱下来。人生总有太多难以确定的事情，谁能说得清，就好像歌中唱到的那样："我把这远方的远归还草原，一个叫木头，一个叫马尾……"

散场后，周云蓬带着宽厚的墨镜坐在我身边，VOX酒吧下的烧烤摊上，散落着空空的啤酒瓶。"我觉得海子对我来说是一道炽烈的光，很刺目。在日常生活中我不愿意让他经常出现。他的诗是好诗，但是我会不安。"周云蓬扶着琴箱对我说。

我沉默，不知道说什么好。

"生命之饼"的主唱吴维过来干杯。很多年前，在地球村音乐吧我们有过一次交往。当年他还是个带着金属手链，穿件背心在舞台上玩砸琴、玩旱地拔葱的武汉朋克。这次一见，沉稳，收敛，一如他现在的音乐，乐队配上了风笛、长笛和大提琴，曲风竟有爱尔兰凯尔特风味。吴维告诉我，下周赵老大，吴吞和冬子要来武汉演出，"到时候你也来听一下吧"，喝了一杯酒他坐回去，似乎还想和我说些什么，但夜已深，他的黑色鸭舌帽在昏暗的灯下光影分明，像年轻时的 Charlie Landsborough。

## 2

没有了舌头乐队的吴吞孤独地坐在聚光灯下。

我有时候很怀疑中国摇滚乐的这种聚散。在中国，说存在的就是合理，几乎就是一句骗人的空话。但谁也没有办法说明白，为什么中国的摇滚乐队，没有一支能够长时间的聚合在一起。是因为趣味的改变，还是因为外力的倾轧？又或者，是因为本来的不成熟还是别的什么？

1997年，舌头在新疆成立，甫一出现，就以其生猛热烈的重型节奏震动了中国摇滚乐坛。同一年，更加另类的盘古也在南昌的黑暗中发出愤怒地呐喊："你不让我摇滚，我迟早让你知道我的狠！"，那是我学会的最后一首和地下摇滚有关的歌曲。97年的武汉之春来得晚，我躲在学校旁的黄家大湾，在租来的房间里看闲书，琴已经弹得很少很少。

2月19日上午，十二时的黑白电视中传来哀乐，中央电视台说，邓小平去世了。我打开窗户，侧耳听，外面没什么动静。收拾好东西步行走回学校，校园里静悄悄的，路上没有多少行人和车辆，安静异常，好像什么也没有发生。

那天多云转阴，气温很低，春寒料峭。


吴吞的《时候到了》，是中国摇滚乐历史上为数不多让我迷恋的歌曲之一。口琴悠扬，吉他伤感，唿哨清丽，加上吴吞懒散的呓语，不动声色，内敛洒脱，音乐的轻松和诗一般的歌词，有点动漫，有点皮影，有点木偶剧的意思。我丝毫不掩饰自己的趣味狭隘，对某些音乐类型的过分偏爱。但这有什么不好？坐在台下喝啤酒，我看见舞台上一束灯光静静照着吴吞的肩膀，走动的人群在黑暗中晃动，带着鬼魅般的身影，让人觉得既真实，又虚幻。

我喜欢这样的感觉。

第二天午饭时把这首歌放给6岁的儿子听，问他，你喜欢吗？儿子说，谁唱的，我说，是一个叫吴吞的叔叔。儿子嘴巴里含着饭菜，哼哼的跟着音乐唱，我敲着饭碗为他伴奏，他的童声咿咿呀呀，恰似这首歌曲的另一个伴奏版本。

之后的几天，儿子的嘴里经常蹦出一句："太阳落山的时候下雨了，燕子在屋檐下做了一个窝。"只要一出门，他就望着楼道顶上的燕子窝这么唱，然后对我说："爸爸，我也要一个宠物机器……"

但我哪里去给他找吴吞歌曲中的宠物和机器？只有搪塞。很多天后，我正在电脑前工作，儿子在地板上玩他的宠物机器。我轻轻哼着《时候到了》，刚刚唱到"不管明天刮不刮风下不下雨……"儿子就大声接着唱："小燕子们都要从窝里飞出去，时候已经到了，时候已经到了。"我扭头看着他微笑，儿子敲打着奥特曼的脑袋接着唱："吴吞，吴吞，给我一个印第安人！"


## 3

冬子上场的时候，已经是深夜。这个从湖北云梦走出来的小伙子，抱着一把箱琴，安静地坐在椅子上，他安静地说，赵老大病了，在睡觉。我为大家唱一首《十方》吧。

十方？听到这个名字，我在心中默念了一遍。十方，十方，他说的是佛经中的"十方无量无边的世界"，还是说的上天、下地、东、南、西、北、生门、死位、过去、未来？我低下头，准备迎接冬子带给我的第一串音符。

第一串声音是从黑暗深处传来的。低沉，复杂，轮指滚动，越来越响，沧桑，温暖，难以言说。然后是寂静，三秒的寂静，那是十万佛塔的寂静之声，是十方无量无边世界的寂静之声。然后呢？然后是一串流水般的泛音在琴弦上跳跃，犹如晨曦初上，照耀金顶。《无量寿经》下卷中有这样一段话："佛告阿难，无量寿佛威神无极，十方世界无量无边不可思议诸佛如来，莫不称叹。"一如冬子的嗓音，浑厚，低沉，一出口，上师低眉，菩萨垂手，空气在微微颤抖，全场肃然。

这是一首需要闭气聆听的神秘之歌。灰暗的调性，酸楚的低音，迟疑忧伤的喃喃自语纠缠在旋律中，听起来欲罢不能，欲言又止。吴吞端着酒杯，敲了一下桌子，他悄悄对我说："冬子是中国未来的民谣大师！"

有一天，我在路上走，走到了西藏江孜的白居寺。那是一座15世纪初由热布旦贡桑帕和班禅一世克珠杰·格勒巴桑始建的伟大寺庙，寺中萨迦派、噶当派、格鲁派3大教派共存。黄昏时，去寺中散步，望见巨大的圆形佛殿中部还有一层小佛殿，四面的门楣上，各画了一双三米长的巨眼。寺中的喇嘛告诉我，这是印度湿婆神的慧眼，可以识善恶，辨是非。眼睛的画工极其精湛，波浪般的眼角，波浪般的眉毛，慈悲中略带威严，正是冬子《十方》专辑封面上的造型。我远远望着巨大的眼睛，那双眼在暮色中散发熠熠的光芒，不论哪个方向看都像是对我在注视，仿佛能看透人心，让天地间的一切无所遁形。

我坐在寺里一棵柳树下发呆，觉得人世中一定有什么东西被我忽略了。夕阳辉煌，照耀西藏，突然想起冬子的《十方》，闭上眼，似乎真的有音乐在天际回响，一串轮指，然后寂静，然后泛音袅袅，然后山川沉默，河水倒流。

## 4

赵已然在北京搬过很多次家，他说他自己都记不清楚到底有多少次。反正是越搬越远，已经搬到跟北京没什么关系的地方了。

他经常没有钱，有一次住在白庙，他都四天没有一分钱了，正好碰见万圣节。平常这种时候，赵已然很会享受这种孤独。练鼓，看书，要不就在午后，把衣服脱光了躺在院子里晒两个小时的太阳。但那天是个节日，他很想出去玩一下，很想去和其他人狂欢一晚，喝一点威士忌，或者，去飞两片叶子。

但是他从九月份开始，就没有挣到过一分钱。不是他不能去靠打鼓挣钱，而是他坚定地认为不能因为贫穷就去冒充朋克，或者去迎合可以换钱的媚俗的音乐。

那一年，他四十岁。

中国的音乐市场就是这样对待一个优秀的音乐家。他像一匹年老的孤狼，爪牙已经不再锋利，他误入了一个自己根本应付不了的禁区，在熟悉又陌生、认识又不认识的山林里，左冲右突，孤军奋战，终于被伤着了，喘着气缩在了一个角落里。

许多时候，他靠一包方便面度过一天，或者，是一块玉米面、发糕和一些瓜果。他靠着这些东西在房间里疯狂地打鼓，弹琴，却没有人去仔细倾听。他是中国最好的布鲁斯音乐的吉他手，精湛，纯熟的技巧在业内无人不知，但他却只能在黄昏狠心地把朋友送他的一把刀，押给村口小商店的老板换取两瓶啤酒。

除了音乐，他一无所有。他连借钱的方法和技术都不会，他只会在深夜的月光下独自一人，在空空的院落中，为墙头的荒草弹奏中国最好的音乐。

２００４年４月１１日，赵已然给他的父亲写过一封信。

尊敬的爸爸：

我此一生，悲也好，喜也好，成也好，败也好，我以为那是命中注定的事。并非有意或无意而为。正像20多年前我的第一个正式的名字一样，乃已然者也之事。

名利二字，并非我所不齿、不屑。相反，我很尊重。只不过我所求者，是一位艺术家的名和利。

两年多来，我有幸认识了几位像我一样生活着的朋友，一样的道德观念，一样的生命态度，而他们比我更彻底、更纯粹。他们的出现，给了我很大的安慰。他们的支撑和宠爱，给了我继续下去的信心。他们让我痛苦、迷茫、屈辱地悬了多年的心，终于坦然、踏实了。我知道，我有同志了……


２００９年秋天，赵已然路过武汉去香港。深夜，我在汉口的一个宵夜摊上接他吃饭。赵老大依旧是紧身的长裤，牛仔上衣，２０年前的装束和老做派，让人觉得温暖，和煦。他告诉我，最近终于重新开始唱歌了。有一家公司和他签约出版一张唱片，那将是他的第一张正式唱片。

我真为他感到高兴！

他不喝酒了，对我说："我要去深圳和香港做两个专场。顺便，去买一把自己的琴。"我喝了一杯酒，望着他，"我把唱片的版权费拿出来，我去不了欧洲，机票太贵了，香港应该可以买到一把琴！"

那天的武汉街头，正是初秋，有附近住家的女人穿着睡衣从我们身边走过。我真希望那天是１９８８年，赵已然年轻了二十岁，他在黯淡的路灯下畅谈音乐和诗歌，依旧壮怀激烈，傲视群雄。

## 5

很多年前写过一首诗《西北偏北》。从滕州去北京的刘东明把它谱了曲，传唱开去，他把演唱会的视频发给我看了，音乐做得很好，粗砺硬爽，我喜欢得不得了。东明和赵已然、吴吞、冬子都是朋友，和我非常喜欢的野孩子乐队也很熟悉。野孩子乐队的几个人我没有见过，他们的音乐，像是高山上的杜鹃，黄河中的流水，朴素、浪漫，让我神往已久。

野孩子的主唱名叫小索，他２００４年去世了。我的名字和他的名字是一个三度叠置的和弦，小引，小索，这是前世修来的缘分。

只是，人时已尽，人世很长。

黄河的水不停地流/流过了家，流过了兰州/流浪的人不停地唱/唱着我的黄河谣……小索一直在孤独地歌唱。

我很怀念他。

拉萨的王啸给我寄来一张碟，名字叫"黑马河的儿子"。我在一个阳光灿烂的午后收到他的信。打开一看，那是一张没有封面设计，甚至碟片上连名字都没有印刷的地下DEMO。王啸用签名笔在正面写着专辑的名字，黑马河，然后分行写，的儿子。字体和他的音乐一样，龙飞凤舞，狂放不羁。

坐在学校的操场边给他打了一个电话，告诉他音乐已经收到。他说，你什么时候再来拉萨？我刚从那曲的比如回来，那里有面骷髅墙。

晚上在家独自欣赏他的音乐，扎念琴的节奏依旧孤单，急促，手鼓声隐约从远处传来，低声部像一阵闷雷从空气中滚过，王啸的呼麦浩荡登场，"那大雁飞过的地方啊，是母亲生我的地方；那鲜花开满的地方啊，是父亲死去的地方……"

武汉的秋夜，只有我一个人，万籁俱静。

# 他们的声音

## 答案在风中飘

### 鲍勃·迪伦

一个男人要走多少路,才能被称为男人?
一只白鸽要飞越多少次海洋,才能在沙滩上栖息?
炮弹还要掠过天空多少回,才能永远将其禁止?
答案啊!朋友,就飘在风中,答案就飘在茫茫的风中。

一座山峰屹立多久,才会被冲刷入海?
人们还要活多少年,才能最终获得自由?
一个人可以掉过头去几回,假装什么都没看见?
答案啊!朋友,就飘在风中,答案就飘在茫茫的风中.

一个人要抬头看多少次,才能见蓝天?
一个人得有多少耳朵才能听见人们的哭泣?
还得多少人死亡,才能明白已有太多人死去?
答案啊!朋友,就飘在风里中,答案就飘在茫茫的风中。

## 别去糟蹋

### 窦唯

没有寂静的日子寂静的夜
人们的神色显得紧张
手中紧握着枪
起伏的胸膛
眼中是绝望的目光

没有欢笑的脸庞和平的景象
战火把人们推向死亡
一切破碎的梦想
破灭的希望
人已是如此的疯狂

别去糟蹋他们的家
别去枪杀那些无知的娃娃
流着泪说不出一句话
有谁能够去做出回答

没有安睡的地方四处躲藏
善良的人们又能怎样
往日自己的故乡和平的天堂
如今却是如此凄凉

放下你手中枪
睁眼去望一望
你面前是人类生存的故乡
放下你手中枪
去想一想
如果是你又会怎样说……

## 不再掩饰

### 崔健

我的泪水已不再是哭泣
我的微笑已不再是演戏
你的自由是属于天和地
你的勇气是属于你自己

我没有钱,也没有地方,我只有过去
我说得多,也想得多,可越来越没主意

我不可怜,也不可恨,因为我不是你
我明白抛弃,也明白逃避,可就是无法分离

我的眼睛将不再看着你
我的怀念将永远是记忆
我的自由也属于天和地
我的勇气也属于我自己

我的忍受已不再是劳累
我的真诚已不再是泪水
我的坚强已不再是虚伪
我的愤怒已不再是忏悔

## 节气

　　吴吞

今年小雪无雪
流亡者也没有归来

今年小雪无雪
湿土冒着蒸汽

小雪无雪
唱着鬼魂的歌谣

重如呼吸
轻如生命
冷漠如归宿

## 万物生

高晓松

从前冬天冷呀夏天雨呀水呀
秋天远处传来你的声音暖呀暖呀
你说那时屋后面有白茫茫雪呀
山谷里有金黄旗子在大风里飘呀

我看见山鹰在寂寞两条鱼上飞
两条鱼儿穿过海一样咸的河水
一片河水落下来遇见人们破碎
人们在行走身上落满山鹰的灰

## 我不能悲伤地坐在你身旁

左小诅咒

那杆枪被你扔了
我也没有说我用不上那玩意儿
我需要它去杀某个人　在昨天
我不能悲伤地坐在你身旁

当我推开那扇门
想看看永恒荣光的状景
那没有他们说的实用阶梯　然而我
又不能悲伤地坐在你身旁

那把吉他你拿回来了
你也没有说我用不上那玩意儿
我需要它来歌唱　在今天
我不能悲伤地坐在你身旁

在我走出那扇门
撕下某本书的二百五十二页
它用黑色镶金这般地写着：
噢　我不能悲伤地坐在你身旁

## 我听到某人在唱一首忧伤的歌

周云蓬

我们离开那间租来的房子
悄悄把灯拉灭
只剩下某人自己在屋中坐着
天已黑了
我听到他在唱一首忧伤的歌

这是夏天最后的一个黄昏
河里的水都越来越凉了
河边的水草忙着结婚生子
一片凄凉中
生活着一个热闹的家庭
而我们的家已经荡然无存
我们的家和稻谷捆扎在一起
在田野深处静静生长静静生长……

# 外国诗坛
## International Poets Circle

克莱顿·艾斯雷勒访谈/诗选　程宝林 译

克莱顿·艾斯雷勒

# 克莱顿·艾斯雷勒的诗

克莱顿·艾斯雷勒1935年6月1日出生于美国印第安纳州的印第安纳波利斯,是家中的独子。6岁时,母亲送他去学钢琴,从此开始对音乐感兴趣。1953年高中毕业后,他进入印第安纳大学学习音乐。1954年夏天,他去洛杉矶闯荡,白天靠替人泊车为生,晚上去爵士乐俱乐部逍遥。当年秋天,他返回印第安纳,从音乐学院辍学,迫于父命,进入商学院。1956年,他因功课不佳、校园停车罚单太多,而被踢出学校。1957年,他重返校园,改学哲学,并选修一些创作及美国诗歌课程,从此踏上诗歌之旅。

在此期间,他阅读了大量翻译诗歌,并开始学习西班牙语。1958年到1959年,他在墨西哥住了两年,开始翻译聂鲁达的诗歌。当他还是印第安纳大学研究生时,他遇见了玛丽·艾伦·索尔特(Mary Ellen Solt),经她介绍,得以接触威廉姆·卡洛斯·威廉姆斯(Willian Carlos Williams)和黑山诗派。1961年春,他与芭芭拉·诺瓦克结婚,并获得马里兰大学远东系的教职,为军人讲授文学及写作课。是年冬天,他和妻子芭芭拉住在日本东京郊区的五藏小金井。

1961年秋天,诗人凯瑞·斯奈德(Gary Snyder)在去印度见艾伦·金斯伯格的路上,顺访了他,建议他搬到京都,教英语谋生。次年春,他们搬到京都,一直住到1964年秋。住在京都期间,艾斯雷勒开始通过翻译诗歌而写诗,翻译了委内赫(Vallejo)1923年至1938年客居巴黎时的110首诗。他阅读了布莱克的全部诗歌,以及约瑟夫·坎贝尔(Joseph Campbell)的《上帝的面具》四部曲。

芭芭拉和克莱顿返回美国，回到布鲁明顿。克莱顿开始编一本拉丁美洲诗选，芭芭拉则在大学书店上班。1965年春，他决定去秘鲁的利马，亲眼看看委内赫法国诗歌的草稿，当时那批手稿在其法国遗孀手中。当时，芭芭拉已有身孕，夫妇俩于当年8月动身，在利马的一处小公寓里住下来。这段时间，两人颇受磨难，先是受秘鲁北方美洲学院委托创办一本文学杂志的计划，因第一期内容涉及政治而胎死腹中，不久，芭芭拉生孩子，又差一点失血而亡。克莱顿想看看委内赫手稿的愿望，也被委内赫的未亡人拒绝。克莱顿迭受打击，时常到利马的贫民区游走。他后来说，这段秘鲁生活经历，使他变得有了政治倾向性。

他俩1966年返回美国后，曾短暂分居。后来，两人在纽约大学美国语言学院找到了工作。在这里，克莱顿教了两年书。1967年，他接下了约拿·凯格位于格瑞恩街36号的阁楼，创办了文学评论刊物《毛毛虫》。1970年他搬到南加州，成为加州艺术学院的批评研究系创始成员。1973年秋天，这对夫妇搬到巴黎，这本杂志才停刊，共出版20期。

住在巴黎期间，芭芭拉开始协助克莱顿编辑他的诗歌。这项活动一直持续至今。在这里，他们遇见了西班牙翻译家海伦·兰恩。此人强力推荐他们，在返回美国前，一定要去法国的多尔涅多（Gordogne）地区游览。1974年春，他们到兰恩所居住的农场，租了一套带家具的公寓。不久，他们就发现了该地区冰川时期有画和雕刻的岩洞。1974年秋天，两人返回洛杉矶。1982年，克莱顿还带着一小群人前去法国看那些岩洞。

后来，克莱顿获得东密执根大学英语系教授职位，并在安阿柏以东6英里的斯兰缇购屋安居。在东密执根大学，他教授《文学概论：诗歌入门》，并举行了无数诗歌讲座。只要有机会，夫妇俩都会重返法国。1990年，克莱顿关于法国岩洞艺术调查的著作《杜松保险丝》问世。

克莱顿·艾斯雷勒曾获得美国国家图书奖，他创办的刊物，除了《毛毛虫》外，还有《硫磺》。作为一名深具影响的诗人、翻译家和散文家，他共出版了30多部著作。最近10年来，他出版了5部译诗集、5部诗选、两部散文选。多年来，他在500多种杂志和报纸上发表作品和译作，在200多所大学举行过诗歌阅读活动。现在，他是东密执根大学退休教授，仍活跃在美国诗坛。

# 眼睛长在指头上
## ——和詹姆斯·赫尔曼谈心理学与诗歌

程宝林 译

**克莱顿·艾斯雷勒（以下简称艾斯雷勒）**：我提议我们首先讨论荣格的两篇文章，看它们对心理学与艺术之间的对立有何阐述。在写于1922年的《论分析心理学与诗歌的关系》一文中，荣格说艺术与心理学不能进行比较。他承认二者之间有密切联系，而这些联系源自艺术实践是心理活动的事实，然而，他还是想将它们区隔开来。接着，他对于有意的艺术与无意的艺术作了分别，并提出了如下的两个类别：

| 有意的艺术 | 无意的艺术 |
| --- | --- |
| 感性的 | 天真的 |
| 内向的 | 外向的 |
| 有意识的艺术 | 无意识的艺术 |
| 不对理解构成挑战的艺术 | 超越个人和理解的艺术 |

在写于1929年的论文《心理学与文学》中，荣格或多或少保留了这两种类别，但用了对他的心理思维更为恰当的术语加以表达：

| 心理艺术 | 视觉艺术 |
| --- | --- |
| 在任何地方都未超越 | 起源于原始经验，怪诞、魔力 |
| 心理理解界限的艺术 | 超越历史和神话事件的艺术 |

在这两篇文章中,荣格都清楚地表明了他更偏向于无意的视觉类别,而且似乎他想说,在认知的、有计划的活动和受灵感驱动与依附的活动之间,存在着不相容性。事实上,在那篇写1922年的文章中,他说:"只要我们在创作过程中全神贯注,我们就既看不见,也不理解。确实,我们也不应该理解,因为,没有比认知对直接经验更具伤害力的东西了。"

依我的经验,荣格的对立类别得到了20世纪大多数重要诗歌的映证。使用荣格术语的诗人并不多,但大多数都会参与某些形式的对立,不管是狄俄尼索斯(酒神)对阿波罗(太阳神),还是浪漫主义对古典主义,或试验对传统。其趋势是相信在"多产"对"多噬"、魔鬼对天使之间,存在着某种布莱克式的二律背反。那是诗歌自身的本质方面,而且,这种"战争"已进行了一代又一代,每一方都指责对方没有真正代表它本应代表的东西。也许,新与旧争斗的阴阳调和是意象运动的本质,而诗歌产品看来应归功于二者之一。

瑞纳·莱克(Rainer Maria Rilke)接近于荣格的无意视觉类别。他言之凿凿地被视为反分析、反修正的立场辩护,这种立场依赖灵感之风,或天使降临于诗人。在一封1921年的信中,他写道:"我相信,只要一个艺术家发现了他活动的生活中心,那么,当他留在那里,不要走开时(因为这也是他的个性,他的世界的中心),没有什么比走向那堵他静静地、坚定地创立的内在之墙更为重要的了,他的位置是决不,哪怕只是片刻,站在观察者和裁决者一边。"现在,他的观察者或裁决者,是不是医生、心理学家,那些科学界人士?

**——詹姆斯·赫尔曼(以下简称赫尔曼)**:是的,我这样认为。不过,心理学家是科学界人士、观察者的概念,这就是问题所在。我认为心理学家已陷入了其中。他们想象自己是客观的、局外的批评者。或者,他们想象自己是诠释者、评论者,而在科学之流中,即使弗洛伊德也置身其中。但是,那些置身于自我回应的心理学家,并不一定身处局外。他在冒险,会在自己的"地方"碰壁。我不想用"中心"一词,只用"地方"。

**艾斯雷勒**:你是说,弗洛伊德和达·芬奇一起工作?你觉得他是在从事重要的、创造性的、想象的工作,即使他只是在对以前的文本作出回应?

**——赫尔曼**:是的,但他的流派不同,写作风格也不同。它不是基于韵律,也不是基于我所称的诗歌流派,但其中有诗歌存在。

**艾斯雷勒**:就你刚才说到的弗洛伊德,你会同意荣格的论断吗?就是说,在创作的过程中,我们既看不见,也不理解?

——**赫尔曼**：我不同意。因为我觉得荣格和莱克的观点是一致的。这我是不会赞同的。我要说的是，在创作的过程中，在手里、心里、眼里，都有一个"看"的过程。这种看，不是荣格所谈论的那种分离于"看"的"看"，而是手指上有眼睛。眼——睛。这只眼睛，知道该用哪个词，不用哪个词，该划掉哪个词，跳到另一个词上去。这不是盲目的。认为存在着自然的创造活动，随后有附带的科学观察，这种想法也是一种浪漫感觉。

**艾斯雷勒**：眼睛长在指头上，也就是说，存在着一种在逻辑语境中可能属非理性的组织性，但它对于创作过程本身来说却是理性的或一致的。

——**赫尔曼**：绝对如此！我甚至相信，即使尼采，或歌德的《浮士德》，你可能会说是荣格所说的无意之作，是极端无意之作。人类的意识是植入其语言之中的，而且不只是他们的语言，而是语言本身，以及他们学习语言的途径之中。这也许是我们关注的这一议题的另一方面。

**艾斯雷勒**：接近这种分裂的方式是，考虑与诗歌相关联的想象活动的角色，太偏重于非意识的一边，诗人则被视为这种容器，在这种容器中，有力量在运动，而诗人对它无法控制。而心理学家则躲得远远的，对这个过程进行判断和评估。

——**赫尔曼**：太对了。换句话说，这一讨论总是使用某些法庭例证的术语。这些术语将意识与无意识、理智与非理智、创作与批评区隔开来。我认为这基本上是一种浪漫的范例。它过于倚重途径，那就是：诗人是一种特殊的、能够深入这一过程的人。因此，诗人被归类为与疯子、儿童、原始人，以及有时候，妇女为伍。他们都有进入这一程序的特殊途径。

**艾斯雷勒**：这是一种很棒的总结。这种说法对诗坛的诗人加以赞赏和审议，同时又可以肯定地说，他是不负责任的，与他正在做的事情并无真正负责的关系。

接下来，我想再谈一下莱克的论断。在他的文章中，关于"生活中心"对"观察者与判断者"，是否承认意识、有意的成型乃创作过程的有效部分，论述得不很清楚。他是否是说，在进行创作的时候，艺术家不应该判断或观察他的作品，或者，只不过是在没有创作的时候，不要把自己当做是观察者和裁判者？也许你知道，莱克对于修改有深深的恐惧。1912年，当他严肃地考虑弗洛伊德的分析学时，他写信给Lou Andreas-Salome说："我应该避开这些，将它们清除掉，依我的性情，我从中得不到什么好处。某种东西，就像是被消毒过的灵魂，来自其中，一种活生生的丑陋，好像学校的笔记本上，被红笔改过了一样。"

他要停留在他所称的"生活中心"的欲望,肯定有大量的观察和判断介入其中。事实上,他集中精力,无休无止地付出努力,将他的全部生命投入其艺术之中,看上去与他所享有的高度浪漫的地位相左。这就好像经过周密规划和理性考虑,里尔克在自己周围修建了一堵墙壁,接着开始等待,拒绝采取创造性的行动,等待艺术天使自天而降,带给他灵感。

另一个观点:弗洛伊德的分析学说在里尔克的时代,似乎是将创造性类比于病理过程的。事实上,尽管并没有减少弗洛伊德式的特点(将意象看做是遮掩的人物,或是基本个人生活经验的掩饰),荣格自己在那篇1922年的文章中就曾说过:"艺术家的神圣的痴迷危险地趋近于病理过程。"如果里尔克相信,弗洛伊德认为艺术作品是人类病理学的一种表达,那么,他远离精神分析学说可能是明智的。

**——赫尔曼:** 克莱顿,现在我们不能对这种"神圣的痴迷"太当真!我知道,从柏拉图到荣格,权威都在争论这一点。我知道,在关于艺术家的理念中,他们都还像是部落里的萨满(巫师)或药师,或是托马斯·曼的《浮士德博士》中与魔鬼结盟的艺术家。但那些"神圣"(divine)和"痴迷"(frenzy)的词汇,必须加以分解,因为它们来源于新教神学的无意识。"神圣的痴迷",时常可以用来指与荣格的"病理状态"迥然不同的东西。它可以指密切介入或沉浸于现实之中——来自实际世界的现实,而不是从另一个世界降临的灵感,或是向另一个世界的升华。此外,我们必须在涉及荣格的自传时,涉及到他关于尼采的焦虑时,将这些词分解。我曾有一篇论文,发表在我编辑的一本名为《面对神祇》的书中。那篇论文详细研究了这一情结。在论文中你会看到,荣格关于艺术与心理学的划分,与他对自己的人格之一与人格之二的划分,何其相似。乃尔、尼采、狄俄尼索斯,以及艺术家、萨满、疯子等,都属于第二种人格的可能性范畴。你瞧,荣格构建自己全部人生的结构,比如,他对于自我诊断的陈述,也是他用来审视艺术家的结构。帕特·贝瑞(Pat Berry)对于荣格被埋没的美学进行了漫长的研究,而得出了这样的结论。我们以后还会谈论到她。那真是她的主题:美学或诗学与心理学的关系。

**艾斯雷勒:** 让我们来继续谈论弗洛伊德和里尔克。有足够的证据表明,里尔克的名诗《杜依诺哀歌》是从描写诗人的绝望开始的:当他呼吁神灵援助时,天使置若罔闻。整部作品是这样开头的:"当我呼唤时,天使们有谁听到?/等级?即使一位天使将我/贴着他的心,我还是会被吃掉/在那种压倒性的存在中"。这就表明,如果艺术家觉得他所选择的既有位置已经抛弃了他,他就会像里尔克一样走向其反面,通过攻击那位背叛的天使而将自己投入火焰。

所有这些都使得我相信,我们必须重新想象认知与灵感的心理学。或许我们开始,可以先问为什么荣格会坚持要二分法。他是不是将他的理论,建立在特定艺术作品中明显的"古典对浪漫"的理想中?或者,他是不是在谈论人类的敏感性,以及创造力受限制的程度?也就是说,关于"我们"的经历之创造性,是一种非此即彼的情形?

在阐述了创作过程中我们既看不见也不能理解之后,荣格继续写道:"为了认知性理解的目的,我们必须使自己剥离创作过程,而从外部加以关注。只有这时候它才能成为意象,表达我们所必然以'意义'相称的东西。"显然,他指的只是"无意的"或"视觉的"艺术。荣格的论断强烈地表明,当一个艺术家在从事艺术时,并不知道他的活动的重要性。我认为这几乎总是部分正确——而且,只有部分正确。毕加索的画作《古奈尼卡》中的缪斯是一队德国的轰炸机(据说,有几位德国军官站在画作前,问毕加索:这是你干的吗?毕加索回答道:你们干的!)

但我认为,可以公平地推断,在整个绘画过程中,毕加索是意识到了他所创作的作品的意义的——也许,他并没有准确地感觉到世界会如何对待这件作品的重要性,但事实是,他的作画,部分原因在于对"彼处存在的"一件悲惨事件的回应,它立刻赋予了作品以意义。

# 克莱顿·艾斯勒雷诗选

程宝林 译

## 我是我父亲唯一没有出生的女儿

我是父亲唯一没有出生的女儿
我生出了母亲,并对她的死负责

相信至少她的一部分不朽的人
在这个房间里逍遥自在
某些女巫用她的泥炭生起火来
那些女巫,好像那些泥炭是化妆品
用它的烟气乱涂乱画

## 我遇见了我的母亲,一个未出生的婴孩

我遇见了我的母亲,一个未出生的婴孩
她没有边缘的书信漂浮在
我为看她走过而竖立的动物墙的前面
出于弯弯曲曲的重复
我想再次变成双份
看着她的腐烂成型

你还记得被生出来吗?
那么,记得?
你还记得愿意死亡吗?
那么,你必须?

所有的法国军团都已被撤走
沙松弛下来,只在骆驼的力量之下

出现这种非生非死的感觉
是我锈蚀的肚脐,在我手中解开

## 永恒是最大的消费者

永恒是最大的消费者
它买走任何人的
全部,他真实的生活
卖者凝视着
货架空空如也,变成伪善的蓝色

我知道如果我跪下来
我崇拜的不只是我卖掉的部分
还有水果平原上包装好的东西

远方的消费者在看着
要我跪下,将我的手指放进锦绣木偶,
在我放弃的最后使上帝发笑
(男人是没有完成的女人
女人是过度完成的男人
自然是对人的模仿)

我留下了一个坚固的空箱子等等
登记住宿,任何东西都原封未动
夹子和剃须刀,一个旅行的推销商
碰见了旁边的一个工具

也许,当我静静地躺着
他会将我所有的珍宝旋拧回来?

## 两具骷髅和我的一起摆动

那具红骨头的骷髅很老
弥漫着赭石的气味
黑骨头的那具烧得很厉害,

厌倦于祭坛的完美
它渴望被我自己的俄克拉荷马白骨
包装，并且送走
它的藤蔓、支撑它的
处女墙
　　　等等
我在自己和任何人
进行任何一种摩擦的欲望中醒来
醒自对另外半个自我的欲望
也许是一个女人，从未遇见
也许是一个雪人
它唯一的联络点是一块盐裹着的炉渣
爱，因此可能是一种状态
我只和那没有遇见的一半生活
而从未遇见和我一起生活的人
我可以走向一个熟悉的陌生人
说我自己是单身，已经分手
然后，他，或者她，也许是我走近的
雪中的动物，会用它的炉渣
或者，也许是它的舌头，重新将我分割
(我将轻柔得不胜触摸)
每一次无穷的分割，爱
随着每一次分手，而将
获得更准确的界定


## 无题

我爱看卡瑞尔吃新鲜的邓杰内斯蟹的样子
她的盘子，堆着碎冰块，上面摆着
恢复原样的螃蟹。那儿，她纤巧的
手指，比她要吃的那口蟹肉更为美味
像指挥棒一样停了下来。而她慢慢地吃

好像在拆一件缝好的衣物，好像她的手指
是针在调查音乐，和想着
"最高贵的事情就是在你面前再摆上一只"
这可以指任何一种表示尊敬的行为
对于另一性来说，邻近性就是，不要被崇拜
而是在运动中，在快乐中受尊敬
收割、收获，一个美丽的东西正在吃
　　　一个美丽的东西

## 一些岩石从那儿滚落而去旅行

电视机的光线映亮了卡瑞尔的肩膀
夜间十一点，她侧身而卧，脑袋挨着枕头
我坐起来，摩挲她的后背，而光线
潺潺如水，或迟疑地环绕着她
然后，变成什么灰色，我也不知道……

我感觉到的温柔令我万分喜悦
电视机光线映照最远的地方
看来好像形成、结晶成
一座山岭，一种光辉。我沉湎于思念
多尔多涅，一些岩石从那里滚落而去旅行

在入睡前闪烁的这是什么温柔？
(一个声音说) 如果没有在白天加以表达
这里面有什么东西令人憎恶
(另一个声音)这是躺下进入睡乡的永恒边缘
因为你可能不再醒来
她也可能不再醒来，在你到顶前的每个晚上
你身上某种东西会说再见

到什么顶？既然白天这样活跃
要到夜间十一点，才引出卑微的爱与担忧
甜蜜和断裂的绳索……

## 纪念格兰特

在我已故父亲的梦境里,有着
一个屠场叫着4705
是我们的家和他上班地方的完美交融
我妈妈和我是他照料的牲口
一个挤奶工,穿着他长长的白罩衫、沾血的带子
总挤奶工,勋章在他的翻领上晃荡
他照料我们的方式有着永无止息的魅力
他带着手套的手指按紧我们的乳头
我们喷射给他彩虹般的机智
喜欢热腾腾果汁的人散射在他的梦里
他抚摸着我们的小玩意儿
手伸到我们的肚脐眼那儿,好像他
当着我们的面在天主教堂里
总是这样,他坐在凳子上,弹奏着动物钢琴
好像他的手指伸入、探入我们的琴键
好像我们是一只闪亮如同黑漆的野牛
有着沾血带子的罩衣、银色的餐服
屠宰场开设在一个殷勤的世界里
我们所有的邻居,包括狗和鸟儿
在它们棺材一样的椅子里狂喜
在他演奏莫扎特时,连草都在那里
每一次按键都释放出巨大的压抑
害羞的、学习时间和运动的父亲,十四岁患上肺炎
终于,敲出了他的节奏


## 象牙旅馆

孤独而死,全身心投入
了无生息,打着鼾声,我绕过肉欲之岬
用非洲打赌,如同我设计的峡谷
信风吹拂我,远离树丛

每首诗都能在这里结束
尖锐而立,在地面之上
每首诗也能从这里开始
孩童弹弓装满紫蓝的宝石和记忆

剧作《我不知道的死亡》的背景
汹涌向前的背景,巨大的危险

我们下榻象牙旅馆
卡瑞尔和我睡一张双人床,面临深渊
每天早晨,尽管活着如此
我们戴上面罩,潜入洪水之中

# 诗观点
## Viewpoints of Poetics
新诗：从五四到当下　卡卡

# 新诗：从五四到当下

卡卡

## 对新诗的理解

2009年是纪念五四运动九十周年，新文学的发生、新诗的诞生大约也已九十年，若从时间上抠，一般认为新文学是以1917年1月《新青年》第2卷第5号胡适（1891~1962）《文学改良刍议》的发表为开端，而第一首新诗，一般认为是1917年1月出版的《新青年》2卷5号上胡适的"白话诗"《蝴蝶》，但严格说来，新诗更早的"第一首"可能是胡适1916年7月22日写的《答梅瑾庄——白话诗》。不过，在胡适的《谈新诗》（《星期评论》双十节纪念号，1919年10月）一文发表之前，新诗一般被称之为"白话诗"，"白话诗"是新诗的初期形态。说今年是"新诗九十年"也没有多大错。

新诗是相对于中国古典文学中的主要文学形态古体诗、近体诗（律诗）而言的，其最明显的特征是：在语言上它是白话文，在形式上它是自由诗，在抒情机制上它以显著的自我为中心。谈论诗歌我们抓住语言和形式这两个特征是非常必要的，不过也要看到诗歌发生的根本——特殊的个体经验，因为诗是一种经验、语言和形式相互寻求、三方互动的艺术。从"新诗"所在的历史境遇看，与此相关的分别是：个体的现代的现实境遇，汉语所必须面临的现代转换和诗歌传统形式与现代经验的冲突。新诗即诞生于这三者的纠缠与互动中。

"新诗"这一概念标明了其与古典诗歌的差别，但我们也应看到，这一概念有时并不能很好地谈论晚清以来中国诗歌的问题的复杂性。"新诗"是与"旧诗"相对的，这一命名无法指涉诗歌的本质和价值；在诗歌的写作实践中，"新"和"旧"的因素、现代和传统的东西，并不是意识形态中的对立关系，而是转化、交换关系；"新"的诗不见得是"好"的诗，"旧"诗的方法未见得就不能在"新"诗里使用。严格地说，新诗是现代汉语诗歌之一种，它至少涉及三个方面的特征或问题：它是"现代"的；是用不成熟的"现代汉语"写的；但无论怎么写，它的目标都是"诗"。所以现在，我们谈论新诗时常以"现代汉语诗歌"（或简称"现代汉诗"）的眼光看待它，其原因在于"现代汉诗"这个概念，可以提醒人们论新诗，有三个要素不可或缺：现代（经验）、汉语、诗歌。[1]

1998年[2]以来，作为看待新诗的一种必要的眼光，"现代汉诗"概念已渐渐为诗坛所接受，其中特出的现象是：武汉诗人以"汉诗"为名，办出可能是国内最漂亮的正式的诗刊。已坚持两年的《汉诗》，以高质量的诗歌文本向人们昭示Chinese Poetry的当下状况与可能的出路，在整个汉语视野里，这个刊物在追问中国诗歌到底如何行进的自觉意识上领先一步。当然，也有对"汉诗"概念不屑一顾的声音：一种声音认为汉语是母语、是最纯粹的、是世界上最美好的语言，中国人写诗自然就是"汉诗"，将新诗说成"汉诗"是换汤不换药多此一举。我要反驳的是：汉语并不纯粹，语言的效果在于表意的丰富，而不是纯粹；每个民族都会认为自己的语言是世界上最美好的语言，除了汉语，我们还懂得其他语言吗？英诗好吗？好在哪里？希伯来文、希腊语、俄语不是世界上最美好的语言？语言、文化之间要不要交流？我们今天的汉语形态从哪些地方[3]来了解？这些对我们的写作无益吗？另一个声音则直接认为"汉诗"概念是"虚妄"的[4]，认为"汉诗"提法有民族沙文主义的意味，当今中国的少数民族地区有许多优秀的诗人，他们恰恰是不用汉语写作的，凭什么将今天的中国诗歌说成是"汉诗"。我们提倡的这个概念，是专注于诗歌本身，不管在哪种语言中，都会有与诗歌本身相关的问题，像经验、语言和形式三者之间的关系。在诗歌写作范畴内，我们不管民族差异、不提政治关怀，我们只关怀越来越简单化的汉语诗歌写作、越来越孱弱的新诗，我们希望人们对新诗的理解更细致、专业一些。

## 新诗的来源

从"现代汉诗"眼光看，我们要考察新诗的产生，首先当然要追溯到个体经验面临剧烈变化的那个晚清以来的"现代"语境，以及现代中国知识分子在其中所感到的既有语言和文学形式言说经验的困难。晚清诗歌也有革命与求新，但其义不在于"诗界革命"。同仁在文化层面上大多程度地为中国输入了"欧洲之真精神真思想"，也不在于《清议报》、《新民丛报》等报刊上的诗作是否成功地"以旧风格含新意境"，更不在于南社的干将们将古典诗艺发挥至多么娴熟的境界，而在于类似于黄遵宪那种在"旧风格"和"新意境"之间彰显各种内在矛盾的诗歌写作。晚清诗歌面对的是诗人之于新现实的言说诉求，但是在旧有语言符号系统和形式秩序的规约下，这种言说诉求的实现显得极为困难。这是晚清诗歌最大的矛盾，它表现在具体的写作中是"新意境"（现代经验、意识）与"旧风格"（传统诗歌体式）的冲突，是"有新事物"与"无新理致"的不协调，是以流俗语口语为诗和"以文为诗"与古典诗的阅读"程式"、句法、章法之间的矛盾。这些矛盾使晚清诗歌怎么看起来都是"旧瓶装新酒"，不能给人真正的"新"的感觉，与真实的现代经验，还是很隔膜。

一个常见的例子是：诗歌写到晚清，常常给人有相似之感。作者和读者很容易就会陷入审美程式化的"陈言套语"当中，这种陈言套语往往给与个体生存的真实情状相差甚远，难以传达真正的现实经验，使诗歌停留在"文胜质"的层面，个体经验被文学的程式化所放逐。这已是旧体诗写作的一个普遍问题，所以在《文学改良刍议》中胡适说："今之学者，胸中记得几个文学套语，便称诗人。其所为诗人处处是陈言烂调，'蹉跎'，'身世'，'飘零'，'虫沙'，'寒窗'，'斜阳'，'芳草'，'春闺'，'愁魂'，'归梦'，'鹃啼'，'孤影'，'雁字'，'玉楼'，'锦字'，'残更'，……之类，累累不绝，最可憎厌。其流弊所至，遂令国中生出许多似是而非，貌似而实非之诗文。"[5]

另一个有趣的例子来自胡适在美国留学时的朋友胡先骕（1894～1968），他也是白话文、白话诗最主要的敌人。他曾作词一首，表留学生涯中的思乡之情，全词如下：

玉楼飞渡天风远。悠扬乍低还住。风拨频挥，鸾丝碎响。无限幽情低诉。愁魂黯停。听急管哀筝。和成凄楚。一曲梁州。天下游子泪如雨。

荧荧夜灯如豆。映幢幢孤影。凌乱无据。翡翠衾寒。鸳鸯瓦冷。禁得秋宵几度。么弦漫语。早丁字帘前。繁霜飞舞。袅袅余音。片时犹绕柱。[6]

胡适注曰："此词骤观之，觉字字句句皆词也，其实仅一大堆陈套语耳。'翡翠衾'，'鸳鸯瓦'，用之白香山长恨歌则可，以其所言乃帝王之衾之瓦也。'丁字帘'，'么弦'，皆套语也。此词在美国所作，其夜灯决不'荧荧如豆'，其居室尤无'柱'可绕。至于'繁霜飞舞'，则更不成话矣。谁曾见繁霜之'飞舞'耶？"此词写的是作者夜晚听到邻室弹"曼它林（violin，小提琴）"时的感受，一个人留学海外，夜闻小提琴的天籁之音，当思绪万千，人的情感经验最为丰富复杂。诗中作者的孤独、感伤之情是可以理解的，胡适嘲笑的也不是诗的"内容（精神）"，而是诗的写法。整首诗写作时间大约是1915、1916年，20世纪初，欧美的工业化就已达到一定程度，城市的灿烂灯火和越来越摩天的大楼都是"现代"历史的标志性硬件，钢筋水泥的美国楼房决不是中国古典式的"玉（字琼）楼"，电气化的夜晚也不会"荧荧夜灯如豆"，留学生宿舍恐怕也不会如中国古代建筑可以"映幢幢孤影。凌乱无据。……袅袅余音。片时犹绕柱"。在这里，胡先骕的写作就呈现出这样的问题：从他的诗词的语言、意象来看，诗中的情感经验没有任何的当下性，他个人化的言说和一千多年前的唐宋诗人所表达的哀怨、孤独没什么区别；但事实上以他当下的经验来说，他的诗歌言说则完全是失败的，这里面没有他的情感经验的"个体性"。

五四前后的胡适新一代知识分子，正是站在晚清诗歌的矛盾性的起点上，认定了"用白话替代古文"[7]的语言革命目标，认定必须真正地更换诗歌的语言符号系统，由此甚至不惜偏激地将文言文定为"死文字"（以胡适等人对于文言文的认识，这当然只是策略性的革命主张）。但是，更新诗歌的语言符号系统，这在晚清时期诗人们也曾努力过，用流俗语、口语、"白话"不一定就能写出"新"的诗，因为制约晚清诗歌写作的还有一个内在的古典诗歌艺术成规。这个成规既使梅光迪、任叔永等人坚守什么是诗、什么不是诗的古典诗歌审美"程式"，也使胡适看到了更新汉语诗歌言说方式的突破口：那就是胡适从白话诗词中确立了新的诗歌阅读"程式"，并立志以"作文"的方式"作诗"[8]，以讲求"文法"[9]等手段从诗歌内部真正更新汉语诗歌的传统规则。由此我们可以说，晚清诗歌由于受到自身审美"程式"和形式成规的制约，虽在局部上接纳了许多新事物、新名词，但只是部分地更新了诗的语言符号系统，没有触及诗歌整体的言说方式；而胡适的以白话为诗、以"作文"的方式为诗，却是触动了汉语诗传统的语法结构，带来一种新的诗歌体式。

## 新诗的目标

　　胡适力求以"说话"的方式作诗，虽使汉语诗歌的传统韵味大大丧失，负面意义不可避免，但却建构了一种新的诗歌语言体系和言说方式。由于诗是传统文学中最坚固的"壁垒"，中国古典文学的经典作品基本上是诗歌体式，革新了诗，几乎革新了全部。诗的言说方式的更新，对更新汉语言说方式这一现代性的宏伟目标，自有事半功倍之效。

　　胡适说："白话作诗"，"不过是我所主张'新文学'的一部分"[10]，他的目标是解决中国传统的语言形式与现代经验相脱节的问题，寻找适应"现代"的汉语言说方式，文学不过是他的"实地试验"的最佳场域，"白话诗"则是检验"试验"到底能取得多大成功的重要尺度。事实上，"白话"只是胡适的文学革命的工具，是他个人"从中国文学演变的历史上"寻得的"中国文学问题的解决方案"，是文学形式的革新的基点，唯有通过文学形式的革新才能使中国语言文学能够接通现代性的思想、经验，"白话"不是胡适倡导文学革命的最终目标，其最终目标乃是通过白话文运动来实现一种合理的民族共同语——"国语"——的发生。"我们所提倡的文学革命,只是要替中国创造一种国语的文学。有了国语的文学,方才可有文学的国语。有了文学的国语,我们的国语才可算得是真正的国语。国语没有文学,便没有生命,便没有价值,便不能成立,便不能发达。"[11]

通过建设"国语的文学"来实现"文学的国语",这是胡适一代人的梦想,我深以此梦想为是。语言必得在文学中锤炼、锻打,而诗歌就是最好的熔炉,这是诗歌对一个民族的语言的意义。

其实诗歌有什么用?其能做的事或首先要做的事,就是隐约地或直接地改变一个民族的语言,然后是在这种语言中改变一个民族的"感受性",最终使那个民族的人有点诗意,像个"人"。胡适的目标与方式与现代大诗人T·S·艾略特的想法是大体符合的:"诗的最广义的社会功能就是,诗确实能影响整个民族的语言和感受性……在某种程度上,诗能够维护甚至恢复语言的美,它能够并且也应该协助语言的发展,使语言在现代生活更为复杂的条件下或者为了现代生活不断变化的目的保持精细和准确……"[12] 因着这些原因,诗人该做什么或能做什么?艾略特说:"诗人作为诗人对本民族只负有间接义务,而对语言则负有直接义务,首先是维护,其次是扩展和改进。"[13]

五四时期,胡适的文学革命策略、郭沫若在诗集《女神》中确立的现代"自我"(旧诗中不明显)的形象和"自由诗"的形式,基本上奠定了新诗的言说方式和独特体式。他们的勇气、智慧、激情、意志力和对文学的态度是令人敬佩的。我曾经看到一种论调,说"从《尝试集》来看,中国当时的诗歌就像一个傻瓜一样"[14],这只能是一种"傻瓜"论调。文学作品不是博物馆中的展览品,有的单凭其独特的审美素质即可博得无数时代的赞美,而大部分,我们必须回到那个历史的情境和脉络中才能感受其趣味、魅力和意义。

## 新诗的问题

诗歌通过改变语言来改变一个民族的感受力,一切的"革命"都当在这其中发生。话虽这样说,但由于五四以来中国特殊的历史境况,以及在这种境况中知识分子对民族危亡的忧患深重、对于诗歌功能的急切诉求,新诗总是偏离"诗"的轨道。新诗的"新",在历史中演进为一种价值尺度,人们渐渐把经验、意识、感觉、思想等层面的东西的新异作为诗歌好坏的标准(现在多少人仍然如此),而忽略了诗是这些层面与语言、形式纠缠、互动的结果。

有学者认为,对新诗的认识与期待自五四以来,"逐渐演变为唯'新'是举的历史情结。它最大的特点是对'时代精神'的膜拜,在现代性的寻求中衍生出两种表面相克、实质相通的现象。一是对新现实的迷思,诗歌不仅反映而且作为促使'行动'的力量,直接参与了20世纪中国革命的历史进程,在革命中完成了自身的换位:这就是批判与抒情的分离和诗歌革命到革命诗歌的转移。二是'现代化'的迷思,对西方意识形态、语言形式和表现策略缺乏从自身经验和语言根性出发的深刻反思,在西方现代主义思潮的影响下,片面追求意思的复杂性和表达的复杂性"[1]。

所以"九叶"诗人陈敬容在40年代曾说:"中国新诗虽还只有短短一二十年的历史,无形中却已经有了两个传统:就是说,两个极端,一个尽唱的是'梦呀、玫瑰呀、眼泪呀',一个尽吼的是'愤怒呀、热血呀、光明呀',结果呢,前者走出了人生,后者走出了艺术,把它应有的将人生和艺术综合交错起来的神圣任务,反倒搁置一旁。"[16] 这是新诗长期存在的弊病,但在新诗九十年的历史中,尤其是三四十年代,也浮现出卞之琳、穆旦、冯至等杰出的诗人。我从来不认为当代新诗的成绩上超越了现代时期。[17]

从现代到当代,新诗还有哪些问题?对当代诗歌问题极有洞见的诗人、学者臧棣说:"自现代以来,诗歌文化的自主性一直受制于历史势力的裹胁。诗歌的工具化日益严重。昔日,人们要求诗服从政治,充当历史的工具,而今,又要求诗歌参与对神话的清除。现代人为诗歌设定了一个文化政治任务,就是诗歌应该积极地卷入到现代的祛魅运动之中。不仅参与其中,还要充当祛魅运动的先锋。而诗歌的祛魅又被简约地归结成反乌托邦、反神话、反浪漫主义。祛魅就是回到日常经验,回归到常识,回归到普通人的身份。也许,从诗歌与题材的关系上,从诗歌与修辞习性的关系上看,这些主张都有自己合理的出发点。但我觉得,当它们成为一种文学时尚后,却也造成了对诗歌的基本使命的遮蔽。日常经验只是诗歌写作的起点之一,它不应该是排他的。我们书写诗歌，阅读诗歌，体验诗歌，最根本的目的不是想通过诗歌获得一种生活的常识，而是渴望通过诗歌获得一种生命的自我超越。诗歌文化真正萦怀的是生命的境界。诗歌是一次关于人生境界的书写行动"[18]。

当代诗歌摆脱了政治、历史、文化的重负，又回到了一个自愿的幼稚园时代，把常识当超越，以简单为满足，反复剔除诗歌写作与生命关联中的神圣性、神秘性和复杂性，忽视诗歌写作的难度，也嘲笑这种难度意识。此类情形，在"梨花体"事件、网络上铺天盖地的论坛、江湖上层出不穷的民刊等方面，可能你会印象深刻。当代诗坛其实非常热闹，但同时也问题重重。

## 新诗的未来

在当代中国，诗写得晦涩一点、技艺复杂一点就会遭到诟病[19]，曰：看不懂。诗写得知识分子习气一点更会遭到嘲笑："仿佛外国诗、翻译诗"。诗歌不培养它的读者，难道是按着读者需要生产什么样的诗歌？臧棣是"华语文学传媒大奖·2008年度诗人"的获得者，但他亦是这个时代最遭非议的诗人，喜欢者非常喜欢（他的诗里有卓越的想象和技艺，以及随之而来的独特的生命感觉），讨厌者提起他常极为愤激（似乎因为是他这种"饶舌"的写作推动了的"晦涩"、"知识分子写作"的不正之风）。他在获奖后的访谈中说到他对诗歌的认识和新诗的未来："没有对生命的超越性的关注，就不会有真正的诗歌。诗歌不会在任何意义上赢得大众。因为没有一种所谓的大众需要诗歌去赢得他们。如果诗歌赢得了大众，那么诗歌就失去了它的自我。诗歌是为个体生命的尊严和秘密而准备的。……学会尊重诗歌，对每个人都有好处，也对整个文化自身的品性和活力有好处。新诗的未来在于我们有没有能力创造出一种强健的诗歌文化。因为优秀的诗歌，我们早就写出来了。卞之琳早在30年代就已经写得如此出色了。但为什么在我们的文化语境里，他的身影一直是作为一个半大不小诗人而出现的呢？这不是他的问题，这是我们文化结构本身的问题"[20]。我想这里臧棣批评的可能是我们这个时代的诗歌太迁就所谓的"大众"。我们的文化结构及此结构中的人，对诗歌而言，可能智商偏低。比迁就大众更重要的是，我们要培养有一定诗歌素质的读者。

文学当然谁都可以玩，对于那些并不追求玩得如何专业的人来说，这种状况无可厚非；但诗歌写作的机制本身是复杂的，好诗意蕴亦是复杂的，不是特别的天才的话，我宁愿相信写出好诗是一件艰难的事，他需要的不仅是个人独特的意识、感觉、经验、思想，还需要技艺的研习、修辞的操练。甚至，经验上的深刻与广阔，不需要广博的阅读和一定的文化吸收、"转化"[21]能力？

在当代中国很多诗人看来，英国诗人、批评家艾略特（T·S·Eliot，1888-1965）的话简直是疯话，他竟然说什么"对于任何一个超过二十五岁仍想继续写诗的人来说"，"历史意识几乎是绝不可少的"，这种意识"迫使一个人写作时不仅对他自己一代了若指掌，而且感觉到从荷马开始的全部欧洲文学，以及在这个大范围中他自己国家的全部文学，构成一个同时存在的整体，组成一个同时存在的体系"。"这种历史意识同时也使一个作家最强烈地意识到他自己的历史地位和他自己的当代价值"，"从来没有任何诗人，或从事任何一门艺术的艺术家，他本人就已具备完整的意义"。[22] 当代诗人中，像西川那样有意博览群书、广泛涉及各种文化经典、试图通晓欧洲和自己国家的"全部文学"[23]的，大约很少。当代诗人中，像臧棣这样有意以自己的诗歌写作改变人们对诗和写作的观念、同时在每一个历史时期都能准确地把握诗歌的转向、"强烈地意识到他自己的历史地位和他自己的当代价值"[24]的，也不算多。而当代诗人中，认为自己的诗歌最厉害、"本人就已具备完整的意义"的，已经不少（关于这一点，似乎不用举例）。

我希望谈论诗歌时，最好将我们的文化梦想和政治期许抛开，诗歌的功能是有限的，他直接的效果无非是诗人张执浩说的"撞身取暖"[25]，你我的痛借着诗歌的言说我们彼此担当，相互感到温暖，心灵得到慰藉，仅此而已。诗歌的未来并不直接关涉民族的未来。2009年底，我在赶路诗歌论坛看到诗人任意好的文章《"典型"立场论——赶路精神与当前汉语诗歌尊严之我见》[26]，任意好这些南方的诗坛实业家，有着作为一个知识分子的良心和对当代诗歌忧虑的责任心，他们总是不畏人言，努力为当代汉语诗歌的境况提供建议与策略，这一点让我感动。但是，我也看到任意好激动地写道"'典型'立场——汉语伟大复兴的诗歌理想"，这可是文章的一节标题。我当时就回复他："'复兴'是个可怕的词，正如'中华民族伟大复兴'的口号一样可怕，'复兴'的目的是什么？汉语的'复兴'更是不对头了，作为我们民族自己的语言，本来就是我们自己玩的事情，何来'伟大复兴'？如何'伟大复兴'？指的是复古吗？你前面极为讨厌古典（诗词）。若每一个民族都认为自己的语言是世界上最美好的语言，不容'玷污'，别人也无法翻译，那人类之间的交流不是没有可能了吗？语言本来就是用来流通的，汉语更是古代汉语、近现代外来语、明清以来的白话等多种语言形态混生的产物，对语言的评价不是'纯粹'，而是'丰富'，而是考察其表现力，没有一种彻底的'纯粹'的汉语。没有必要有那么神圣、伟大的'汉语'意识。何谈'复兴'？我们能理解'汉语'、知晓一点汉语的历史就不错了，这样对写诗决非无益。"任意好在文中说：

  赶路在这里大力倡导"典型"立场，立足诗歌，剑指中国文明重建，图谋为二十一世纪的汉语找回尊严与自信，这种宏大的理想并非"赶路诗群"这几位诗人所能力举，她需要所有热爱汉语的同道参与其中，愿你成为社会和人心均需要的"典型诗人"，愿我们一起走进以"中国元素"为主导的"典型时代"！

  看到这样的话，我忍不住说："'倡导"典型"立场，立足诗歌'，足矣！其他宏大的事业是政治家做的事，诗歌只能是一点点改变一个民族的语言，然后才是精神、思想。当初胡适他们这些试图改变民族精神的人，首先要做的事就是改变这个民族的语言（白话文运动、"国语"目标），怎么改变，在文学中改变——"国语的文学，文学的国语"。我们若要踏踏实实做文学之事的话，唯一的出路就是踏踏实实从我们的语言入手、从诗歌本身入手。"

  如前所言，诗歌要做的事是在语言的创造中改变、看顾一个民族的感受力，这种感受力是离不开语言、形式等技艺的锤炼的，因为技艺本身其实是生命力的一种体现。对于新诗的未来而言，我们没有理由不希望诗人认真对待诗歌写作，改变对诗歌的观念。"现代汉诗"理念、诗歌与现实之关系[27]、在写作中有难度意识和操练技艺的意识等问题，都是应当重视的。没有这些意识，新诗可能就没有"未来"。

1. 所以，"现代汉诗"概论的提出决不是时髦，毋宁说此概念对新诗研究有"范式"转型之意义——它是一种机制：这种机制唤醒你对新诗更合理的认识。对那些很少意识到新诗是一种现代汉语诗歌（谈论新诗最好要有对"现代"、"汉语"、"诗歌"等基本范畴的多重素质）的人，此概念是必要的启蒙。
2. 本年《中国社会科学》第四期刊发王光明论文《中国新诗的本体反思》，王光明也是最早、最系统地提出并论证对待新诗应有"现代汉诗"的眼光的批评家。
3. 笔者以为，今天的汉语形态在五四时就有这些源头：英语句法，明清白话小说的语词和句法，当时中国的方言、俚语等形态。
4. 学者姚新勇在《扬子江评论》2007年第6期上发表《虚妄的"汉诗"》一文，质疑越来越被运用的"汉诗"提法。文章着力批评王光明的著作《现代汉诗的百年演变》（石家庄：河北人民出版社，2003），文中说："……'汉诗'？'汉族诗歌'还是'汉语诗歌'？究竟是谁的'汉诗'？如果说汉族一族的诗歌，显然根本没有权利拥有'中国汉诗'或'中国现代汉诗'这样的全称称谓，那么为什么又有这样多的人几无怀疑地使用这样一个极易引起歧义的概念呢？而且泛览各方文字，在'汉诗'概念的使用上，已然存在着一种集体无意识性的等式：中国诗歌=汉语诗歌=汉诗=汉族诗歌。……当中国性、中国文化、中国文学、现代汉语面临如此严峻的危机与挑战之时，我们的'汉诗'理论家却对这一切视而不见，反而说什么'过去的分化是由空间的阻隔和意识形态组成的，现在的分化则主要由商业社会的影响，诗歌被挤到了社会的边缘'；还去梦想要为现代汉语诗歌建立什么'相对稳定的象征体系和文类秩序'，将'支离破碎的经验，凝聚为一个有意义的整体。'真是……最后我想给我们的理论家们提一个建议：与其这般闭目塞听地焦虑，不如去听听一些少数族裔诗人的声音，看看他们是如何努力地想通过'第一母语'和'第二母语'的设置，打破汉族/少数族、汉语写作/少数族语言写作之间的障碍，破解整体中国性认同与单一个别族性认同之间的困局。"姚先生的关注似乎与我们不是同一话题。
5. 胡适：《文学改良刍议》，《新青年》第2卷第5号，1917年1月1日。

6. 胡先骕：《齐天乐·听邻室弹 曼 它 林》，载《南社丛刻》第15集，1916年1月。

7. 胡适：《逼上梁山》，原载1934年1月1日《东方杂志》第31卷1期。后收入1935年10月15日良友图书印刷公司出版《中国新文学大系·建设理论集》，第10页。

8. "诗国革命何自始，要须作诗如作文。"胡适：《依韵和叔永戏赠诗》，《胡适留学日记》，第790页，上海，商务印书馆，1947。

9. 1915年6月6日，胡适在日记里首次以"文法"来谈论中国诗歌（胡适：《词乃诗之进化》，《胡适留学日记》，第660页）。至此，从胡适的文章里可以看出，有无"文法"一直是他对待语言和文学的一种重要尺度。

10. 胡适：《文学革命八条件》，《胡适留学日记》，第1002页，上海，商务印书馆，1947。

11. 胡适：《建设的文学革命论》，《新青年》第4卷第4号，1918年4月。

12. 艾略特：《诗的社会功能》，《艾略特诗学文集》，王恩衷编译，北京：国际文化出版公司，1989，第245页。

13. 艾略特：《诗的社会功能》，《艾略特诗学文集》，王恩衷编译，北京：国际文化出版公司，1989，第243页。
14. 广州、海南的诗人评论家们开会，认为新诗九十年，至少这后三十年已经非常伟大："现代人已经把诗意挖到一个很深很深的地方，每个人都有一类诗意，一种诗意，这怎么是平平仄仄能够装得下的呢？怎么会是前六十年诗歌那个小容器装得下的呢？现在这些人没有看到中国新诗对中国这个民族内意识的挖掘。""我们民族每一个灵魂的角落，不同的层面，都被现代人表现出来了。反对他的人，正是没有这种灵魂的分层，灵魂还是一块铁板，是毛泽东的灵魂，是阎锡山的灵魂，当然不会认识到诗歌的这种广阔性。"见平行网的帖子《于坚、多多、王小妮、李亚伟、雷平阳、徐敬亚、谢有顺谈"中国新诗90周年"》，网址：http://my.ziqu.com/bbs/665701/messages/69913.html。
15. 王光明：《中国新诗的本体反思》，《中国社会科学》1998年第4期。
16. 默弓（陈敬容）：《真诚的声音》，《诗创造》第12期，1948年6月。
17. 见注释14，当代许多诗人、作家甚至诗评家并不这样以为。
18. 臧棣：《执着于诗是我们的一次传奇》（获奖演说），《南方都市报》"华语文学传媒大奖特刊"，2009年4月12日，B22版。
19. "中国当代诗歌的最大的政治正确是'民间'……在当代诗歌的政治正确中，如果一个诗人推崇技艺，那么仅仅是从诗人写作涉及最古老的词语手艺这方面去发言，也会被乌合之众唾弃为形式主义者，或是舍本逐末地将技艺置于生命之上的匠人。当代诗歌文化在某些方面秉承了新诗历史上对技艺的反智主义立场。这同样同一种浅薄的诗歌政治有关：因为在任何场合下，诗人谈生命的本真都不会错，而且还会显得很放达豪迈。而谈诗歌技艺，则马上会陷入到对具体问题的关注，而且很容易流入趣味之争。"臧棣：《如果诗歌赢得了大众，它就失去了自我》（访谈），《南方都市报》"华语文学传媒大奖特刊"，2009年4月12日，B23版。
20. 臧棣：《如果诗歌赢得了大众，它就失去了自我》（访谈），《南方都市报》

"华语文学传媒大奖特刊",2009年4月12日,B23版。

21. T·S·艾略特即认为但丁、莎士比亚的伟大不在于像我们所说的他们的作品中那些伟大的时代精神、哲学、思想,而是"和他同时代作家当中的任何一位相比……在把素材转化为诗歌的过程中表现出更高超的本领",真正的诗人"所从事的工作只不过是把人类的行动转化成为诗歌"。T·S·艾略特:《莎士比亚和塞内加斯多葛派哲学》,载《艾略特文学论文集》(李赋宁译),第167、161页,南昌:百花洲文艺出版社,1994。

22. [英]托·斯·艾略特:《传统与个人才能》,见《艾略特文学论文集》,李赋宁译,第2—3页,南昌:百花洲文艺出版社,1994。

23. 我说的是"试图",人虽不可能做到,但这是一种必要的意识。西川诗文录《深浅》(北京:中国和平出版社,2006)中《鸟瞰世界诗歌一千年》等文章再次给我这种印象。

24. 我个人认为臧棣在不同历史时期都有相应的诗歌写作变化和出众的诗歌评论,对当代诗歌给人们以启示性的认识。评论方面，像被广泛引用的论文《王家新：承担中的汉语》（《诗探索》，1994年第4期）、《后朦胧诗：作为一种写作的诗歌》（《中国诗选》，成都：成都科技大学出版社，1994）、《诗歌：作为一种特殊的知识》（《文论报》1999年7月1日）就分别谈到了朦胧诗写作中的个人转型、后朦胧诗写作的根本特征、九十年代历史语境中我们应当对诗歌如何认识等重要问题。

25. 余笑忠在其长诗《俯首》第八节讲述了乡村小学的孩子在寒冷的冬天常常挤在墙角以相互撞击的方式来取暖的情景："寒冬在加深。一群乡村小学的孩子/在墙角彼此撞来撞去。他们这样相互取暖……"诗人张执浩认为这一"撞身取暖"的情景，是对"写作"的隐喻。在张执浩看来，写作"经常让人看不到'意义'何在。……完全纯粹的写作就是这种面向自生自灭的写作，朝向灰烬、墓穴、和虚无。既如此，发表何益？交流何益？我想，我们之所以容忍自己与这个俗世勾肩搭背，很重要的一个原因就是，尽管你是孤独的，但你相信自己并不孤立。于是，你一再心存热望，希望有朝一日能够在这个世界上碰见可以与你'撞身取暖'的人。"（张执浩：《后记：撞身取暖》，《平行》第一卷，张执浩主编，2005年12月，武汉）2010年，张执浩将以"撞身取暖"为题，出版一部新的诗集。

26. 此文"2008年12月初稿，2009年11月修改"，见任意好博客，http://blog.sina.com.cn/renyihao。

2. 当代诗人许多人太依赖对"现实"作题材或主题性的分享或消费，或专注于将诗歌作为现实、生命、生活……的一种投射，而忽视了诗歌的功能可以在感觉和想象中创造一种新的"现实"，或者说诗歌本身就是一种"现实"。

小引 摄

菜耳 摄

# 高端访谈

Summit Talk

宇文所安、田晓菲教授访谈

**诗的规则与学术的规则**

# 诗的规则与学术的规则

——宇文所安、田晓菲教授访谈

2009年5月《天涯》主编李少君先生来武汉，听说我6月将去美国波士顿，便极力建议我去见见田晓菲教授。田晓菲少年成名，现在是哈佛大学东亚系的教授，她的名字在我小学、中学时的作文范本上常出现。不过当时我心里还萌生一个想法：我也要见见宇文所安，不仅为我自己，也为许多喜欢宇文先生的朋友。

因关注汉语诗歌演进的内在脉络，我对海外汉学家一直比较关注，高友工、梅祖麟等先生的著作给了我一种对中国古典诗歌条分缕析式的理性认识，让我至今受用；而宇文所安的文字，既有诗学上的专业性、又有讲述上的性情与趣味，极富个人特征。在《初唐诗》的末尾他说，"宫廷诗的各种惯例、标准及法则组成了一个狭小的符号系统。这些可违犯的法则后来形成盛唐诗的基本'语言'"，使我对唐诗的形成有清晰的认识；而《迷楼：诗与欲望的迷宫》一著，则让许多不喜欢古典文学的人因此题目及著作的讲述方式而倾倒。我在读到此著"燕子楼"一节时，想起了先锋小说家格非写的《凉州词》等小说，极有趣味。宇文先生的这种精深、博杂、性情与趣味，在文学研究上，我非常认同。而这种性情与趣味，在田晓菲教授的《秋水堂论金瓶梅》中也蛮有体现。他们二位的文字，让我享受到中国古典文学研究领域少有的性情、自由和趣味。

我是带着崇敬的心情去拜访他们的。二位教授特别平易，欣然接受我的搅扰。与我一起，还有一位在波士顿大学读博士的朋友。虽然田晓菲老师一再说大家就是随便聊聊，但我还是珍惜时机，忍不住正式地问了他们一些问题。谈话中我说到正在前进中的《汉诗》，说到诗歌、学术、体制等等问题。宇文先生很和蔼，笑容亲切，更多的是倾听，关键问题时才指点一二，确有大师风范；田晓菲素以"才女"闻名，确实才思敏捷，除了博学，她素雅、端庄、美丽的形象，也给我们留下了很深的印象。

·哈佛大学东亚系

时间：美国当地时间2009年8月26日13：25~14：50
地点：哈佛大学东亚系田晓菲教授办公室
人物：宇文所安（Stephen Owen，哈佛大学比较文学系、东亚系教授）
　　　田晓菲（哈佛大学东亚系教授）
　　　荣光启（武汉大学文学院副教授）
　　　唐茂琴（波士顿大学宗教系博士生）

## 一、自由诗有自由诗之"规则"

**荣光启（以下简称荣）**：宇文老师、田老师你们好，今天我来打扰你们，也有一个目的，我们在武汉有一个诗歌刊物叫《汉诗》，刊物的同仁知道我在波士顿，就很想让我来看看你们，也顺便请教你们一些问题，并想一起分享你们的讲话。这个刊物才刚刚开始，很想得到你们的支持。

**田晓菲（以下简称田）**：本来我是想我们大家就随便见个面。

**荣**：这个刊物本身很特别，它不像《诗刊》，您知道在中国有一个《诗刊》？

**宇文所安（以下简称宇文）**：我知道《诗刊》。

**荣**：我们就是想用"民间"力量与资源做一本国内最好的诗歌刊物。我们的谈话也不要特别的正式吧。聊一些诗歌、文学方面的话题。

**田**：你是要整理发表？我没有想到。我也没想到你这么快就要离开波士顿，还以为你要在这待一年。

**荣**：我 6 月份就来了。

**宇文**：哦，6 月份。

**田**：那就三个月啊。你来这里是访问？

**荣**：我们有一批——我是学文学的——我是跟几个国内研究宗教的学者，受波士顿的一个学会（Chinese Christian Scholars Association in North America）邀请，来美国访问。我是该学会今年的访问学者，这段时间主要在波士顿大学、哈佛查一些资料。我一直研究的是新诗，就是现代汉语诗歌。我是特别想来看看你们，你们的著作我还是比较喜欢，像《迷楼》，我是有一种感受，宇文老师和田老师，你们做的古典文学研究和国内很多的古代文学研究很不一样：你们的古典文学研究不仅仅是这个学科里的人很喜欢，你看国内的很多年轻人，包括诗坛的，他们可能对古典文学不熟悉，但是喜欢读你们的文章，读你们的书，像《迷楼》的题目叫"诗与欲望的迷宫"，很多人一听到这个就觉得很现代。

**宇文**：不管是"中国诗"还是"世界诗"，是"世界诗"、"迷楼"。

**荣**：我个人的感受，就是您对古典诗歌的解释方式，我是特别喜欢的，甚至跟你解读《金瓶梅》都有相似的地方。

**田**：真的吗？

**荣**：你们对古典文学的研究，感觉特别追求一种性情，对激情、欲望的解释跟别人很不一样。

田：你做文学，主要是什么方面？

荣：我读博士的时候主要做现代汉诗研究。我们一直想研究一个问题：古典诗歌如何变成白话诗？在国内，我们提出"汉诗"的概念，就是特别想提醒诗人们，我们写诗是在用汉语写，是在汉语这样一个历史的脉络当中，但是像于坚这样一些诗人，他们是比较反感的，就说我们中国人写诗肯定叫汉语诗歌，这样的说法不是多余吗？

田：对，但是你总要有一个称呼，英语叫Chinese poetry，但这个Chinese很模糊，它可以是"中国"，也可以是"汉语"。

宇文：对。就是说，"汉语诗歌"与"中国诗歌"不一样。

田：我们说English poetry，算是"英语诗歌"，就包括英国诗歌和美国诗歌，你总要有一个名称，怎么来称呼。

宇文：广东话算是汉语吗？（大家都笑）我认识一个广东人，他用白话写诗，但是他自己的生活语言却是广东话。所以汉语的问题是一个特别复杂的问题。

荣：为什么我们强调是汉语诗歌呢？还有另一个很重要的原因，就是当代诗人在写诗的时候，他们已经忘记了汉语是怎么来的，诗歌是怎么来的，我在看你的《初唐诗》，你讲到"初唐诗"跟"盛唐诗"有关系，我的一个体会是：初唐诗已经形成了汉语诗歌的一些规则。

宇文：对，可是这不是所有的旧体诗的规则。

荣：这个规则对中国诗歌能有一个great age，这个是非常重要的。诗歌是应该有一定的规则的，应该有一定的形式。

宇文：诗歌有一个传统，在一个传统里，规则应该一直都在改变。

荣：但是当代诗人在写诗的时候，他们完全把自由诗的概念绝对化了。就是，诗是完全自由的，可能是我们作为搞诗歌批评的，很想来恢复这样一种传统。

宇文：可是无论是初唐的诗还是盛唐的诗，（写诗）规则都是共同的，对不对？所有的人都知道这些规则。如果你自己一个人创造出一个规则，或者两三个人创造出一个规则（来共同遵循使用），这个规则就不是"共同"的，就只是两三个人的规则。一些中国现代诗人喜欢写十四行诗，那是一个规则，可是只有少数人写这样的十四行诗，对不对？所以那不是真正的共同规则。（新诗）唯一共同的规则就是"自由诗"，而"自由诗"本身也是一个规则。"自由诗"的"自由"意思不是真的自由，而是要用自由诗自己的"规则"。

田：如果是绝对自由，我就可以把诗写

成七个字或者五个字一行的诗，变成七言诗、五言诗。可是这就行不通。

**宇文**：所以不用固定的规则本身也是一个规则。对不起，对不起，我有事要离开。

**荣**：在诗歌研究这一块，我们挺喜欢宇文老师那样，很细致，很重传统。国内现在很多研究诗歌的都非常的新潮，非常注重现代西方的一些理论。西方的理论我们也喜欢，但觉得目标不是那个东西，目标还是诗。

**田**：关键是理论怎么用。我们做学问都会用到理论方法，但运用理论，把理论体现在写作当中，怎么运用和体现，是很不一样的。有的人不真正了解理论，只是在写作中点缀一些理论术语，我觉得这样不是很有意思。另外，归根结底还是要贴近文本。

**荣**：我们有时给学生（读研究生的），推荐他们读宇文老师的《迷楼》，《初唐诗》、《盛唐诗》这样的书名他们学中国现当代文学的可能觉得太专业了。但是《迷楼》他们觉得很有兴趣。

**田**：这个书不像其他的书只讲中国诗歌，这本书是关于世界诗歌的。

**荣**：在这个里面，对中国古典诗歌的解释是很有意思的。

**田**：对，这个是把中国诗歌放在世界诗歌这个大的语境当中，中国诗歌只是众多诗歌当中的一种。

**唐茂琴**（以下简称**唐**）：我觉得，中国诗歌，当中国进入到现代之后，中国诗歌与世界诗歌相遇是必然的。

**田**：对，中国诗是世界诗歌的一个部分。

**唐**：我们无论在学习还是写作中也会自觉不自觉地跟西方接起来，用他的一些理念来写作，包括这样一种自由诗的写作也是一种实践的结果。

**田**：你也研究文学吗？

**唐**：我读研究生的时候是读的英美文学研究，我很喜欢诗歌，当时做的主要是美国文学。在山东大学读的研究生，特别喜欢诗歌类的。

**荣**：我也是宇文老师的fans，我想问一个问题啊。国内的古典文学研究像宇文老师那样做的还挺少的，这样一种风格，我也看到有一位叫Andrew Welsh的学者（拉特杰斯大学）说宇文老师这样的写作是一种冒险，就是这种风格。我还是比较同意的，我觉得这种风格好像是比较少，它是一种冒险，但我认同这种冒险。

**田**：美国汉学，就是海外汉学，我们总是觉得其视角总是很不一样的，不同于国内，其实未必尽然。美国汉学的发展,其源头是欧洲汉学,从十六、十七世纪欧洲传教士到中国,后来就发展成Philology,就是文献学,考证,跟中国乾嘉学派也很相似,就是很注重语义,考据大量的文献,美国汉学就是从那一派发展来的。老派的汉学家很有学问,但是比较狭窄。宇文所安的老师傅汉斯(Hans Frankel)本来是欧洲文学研究出身的,早期的傅汉斯研究中国文学的方法,是把中国文学当做文学,用研究文学的方法来看中国文学,不是一个神秘的异物,也不是说只是当成一大堆文献。宇文所安在耶鲁大学念书和任教时,耶鲁还是研究英语文学的前沿,出了很多大理论家。现在虽然衰落了,但是"耶鲁学派"曾经特别有名。宇文所安的研究是建立在大量文献研究的基础上的,但他把中国文学还原为文学,不是说只是一堆文献而已。我认为如何把扎实的文献研究和理论背景与文学研究结合起来,入而能出,是我们古典文学学者,无论国内还是海外,共同面临的一个挑战。

## 二、大学制度与学术研究

荣:我们觉得很沮丧,我们什么时候能把英文说那么熟。

田:我觉得中国人文学科的高等教育应该更加强的是外国语言和文学的研究和教育。国家对此不是特别重视,而是把资金一味地用于加强国学建设。

唐:我觉得对两个都不太重视。

田:也可以说都不太重视,但比较而言,更不重视外国语言和文学。至少从拨款方面可以看得很清楚。比如说在哈佛有很多国内来的访问学者,都是研究中国什么什么的,很少有访问学者是做欧洲文学研究或者伊斯兰文学、印度文学等等。

唐:国家的资金投入很少,比如说我原先的硕士是英美文学,我们要想出国的话就特别难,就是拿到国家资金。但我们做别的方面就容易些。

田:对,是这样。我觉得一个国家的政府在这方面起的作用非常大。学者做学问不是在象牙塔里,其实很多时候是自己都不知道就被牵着走了,像申请科研项目,某一些项目就比较容易申请到经费,那么这些项目做的人就会比较多;那些不容易申请到研究经费的题目就自然是比较少的人去做。所以学术研究不是跟外界没有关系的。

荣:我们就是觉得中国对人文学科的知识分子,可能就完全不希望大家能做出什么。

田:你说政府?

唐:你说政府,还是你个人?

荣：政府，就是中文这一块国家社科基金、什么项目的设置，这些课题、项目，可能是我个人比较狭隘，比较偏激，我是不感兴趣的，很多没什么意思，但是你为了在高校生存，你不得不放下自己的兴趣去做。

田：对。

荣：所以我就很羡慕，像你和宇文老师所做的，就是说你们自己做的——我不知道是不是这样——你们自己也很感兴趣，很有意义，但很多时候我们做的就不一定。

田：对，我特别理解。和国内的访问学者聊天，有的学者提到虽然自己不相信某一课题的定义，但为了拿到经费，还是先申请了再说。

唐：有个词叫"偷梁换柱"。可以先取得经费，再做自己爱好的那一块，出了结果，反正出来了。

田：一方面，就是在研究中国文化、中国文学、中国历史方面，也往往感觉国家有一个自己的agenda（有目标的计划安排），他希望你生产出一套什么样的结果，鼓励你努力往那方面去研究；另一方面，像欧美文学，或者是东南亚文学，或者是非洲文学、南美文学，则得到的支持很少，经费很少，没有机会建立良好的图书收藏，没有机会派老师、研究生出国进修。以英语文学为例，国内很多大学的英语系，很少有老师是在英国或者美国拿到学位的。

唐：是啊，申请基金特别困难，老师出来的机会都比较少。学位的话，学生本身也畏惧，觉得自己本身是第二外，不是母语嘛，在国外再拿博士学位的话难度太高了，国家也不是那么地支持。

田：对，是这样。有时候我跟国内朋友谈到国内对外国文学并不真的重视，他们很多人就说，不对啊，现在年轻人就喜欢看西方的东西，对中国东西不感兴趣。

唐：不一样。

田：是不一样。因为国内我能看到的翻译作品，第一，以西方理论著作居多，专门文学研究的论著极少；第二，翻译文学基本上是现当代的文学作品，而且基本上是英语文学或者西欧文学。西方的古典文学很少有人去埋头做研究，翻译也可能既没有很高的报酬，也不算学术成果。

荣：这个，我想从哪一年开始啊，知识分子与民间写作论争，你知道吧？

田：对。

荣：这个时候吧，学术这一块我不知道，至少诗歌学术，就是研究现当代诗歌，包括很多人写诗，就已经产生出一个跟《诗刊》相对应的、跟中国社科院相对应的那样的民间的学术，譬

·哈佛大学校门正对的一座教堂·

如说在武汉,像我们这样一个刊物,《汉诗》,我们就有一些英语相对比较好的,他们去挖掘世界各地那些很小的国家的诗歌。怎么说呢?中国很多的东西,从那个时候开始,民间这个词开始走红,这还是有一定的意义的,它慢慢产生一些新的东西。其实我到武汉以后,渐渐地看出他们的理想,就是办这个《汉诗》,想制造一些新的状况。

田:对。我听说武汉大学几年前有一位教授来这里访问,旁听了宇文所安教的世界文学课,回去后好像是开设了关于中世纪欧洲文学的课,很能引发学生的兴趣。宇文所安现在为哈佛燕京学社开设了一个世界文学的短期培训项目,从国内大学选拔学生、学者来哈佛大学培训一年。这是一个实验型的项目。

唐:这个项目很有意义。

田:对,我也觉得很有意义。到这边的环境来,至少可以跟这边的德语系、意大利语、法语系等等进行交流,可以获得最新的学术研究材料,这样回去就可以开课,可以把国际学术成果传播回去。

荣:像你在这边做的,像美国哈佛,它是一种什么样的机制来保护人文学科的知识分子能够做自己感兴趣的事?

田:其实无论世界各地,人文学科跟社会科学、自然科学相比都是最穷的,但是在美国有一些私人的基金会,有各种各样的fellowships,赞助支持人文学者。大学跟大学也很不一样,美国很多的大学都是私立的,哈佛就是一个私立大学,它最重要的经费来源是校友捐款以及学校的投资。国内大学绝大多数都是公立的,是由教育部直接管辖的,国家的教育政策、经费分配也就起到至关重要的作用。私立大学的经营管理有相当大的自由度,如果一所大学的规模比较大,它就会有一个比较完整的体系,也就是说,它的人文学科就会尽可能地包含各国的语言和文学。中国现在提出要建设一些世界一流的大学,这样的想法非常好,但是什么才算是世界一流的大学呢?不是说只有设备先进的实验室、"大楼和(国学)大师"就可以算世界一流大学了,世界一流大学必须有完备的、达到国际水平的世界语言、文学、文化、历史和艺术的领域、系别和课程。哈佛大学是一所美国的大学,可哈佛大学不是只经营美国文学、历史、艺术研究,而是开设世界各种语言、文学、历史、艺术方面的课程,从古希腊、拉丁语到古汉语、梵文和纳华托语等等。如果中国要建设世界一流大学,就不能只是投资建设中文系,还要建设各种外语系,让这些系都有达到国际水平的语言课、文学课、历史课。

当然,各个学科之间的关系也很复杂,跟每个大学自己的教育方针有关系,跟学校的经济状况也有关系,尤其是私立学校,它主要是靠校友捐款和投资,因此金融危机就给学校的经费带来巨大的影响。在这边,设立一个永久教授的位置要花很多钱。如果学校的经济状况很好，就会设立很多的位置，覆盖不同的学科，否则的话它就开始削减位置了，比如在现在的经济状况下，当一个教授退休后，很难再招聘一个新人了，除非你这个系可以说服学校，强调这个位置特别重要，一定要再招聘新的教授继承退休教授的研究。比如说一个葡萄牙文学教授退休了，你这个系就说我们需要再找一位教授，我们必须要开设葡萄牙文学的课程，学校可能就会问你：为什么？他们常常要问为什么。这就逼你反思某一个特殊领域的学术研究到底有什么重大的意义，为什么我们必须继续开设这一学术领域的课程。再加上本科生可以自由选课，这样就不是说不管我的课教成什么样子，总会有很多学生；如果那样的话，一个教授就没有什么动力更新自己的课程和研究。所以我觉得有时候应该有一点危机感，这对学术研究有好处。

另外，教学和研究关系很密切，比如说教古典文学，在中国和在美国现在都是这个样子，也就是说学生都喜欢学现当代文学，喜欢大众文化和电影，很多中国学生都感觉唐宋很遥远，要是美国学生就更觉得遥远，不少美国学生学中文是为了去东亚做金融贸易，他们会觉得我为什么要花时间学李白、杜甫的诗，这跟我有什么关系？又是外国的东西，又是古代的东西，心理上更隔膜了。所以教中国古典文学很不容易，在美国就更不容易。教书的时候，尤其是教本科生的时候，你总是要想：我怎么才能够把古典文学教得让本科生觉得这个还是有意义的，英文就是 relevant——古代文化跟我现在的生活有什么相关性。我觉得这对中国古典文学学者是一种挑战，而这未必是一件坏事。也许国内教古典文学的学者也应该面对一下这样的挑战，这会让我们反思一下我们做学术研究的思路和方法，如何与我们的时代接轨。近来我对大学制度特别感兴趣，不管在中国、在美国，它跟学术研究的关系太大了。

## 三、"对诗的敏感"与文本细读的专业训练

荣：不过我觉得像你这样写《金瓶梅》还是有很多读者。

田：我写《金瓶梅》，只是随笔型的读书感想，当时写的时候没有想过要出版，是偶然的机缘才出版的。

荣：一般老百姓可能都只看过那个《金瓶梅词话》，我不知道你有没有看过香港那个电影，当然是一个三级片了。

田：电视剧还是电影？

唐：电影。

荣：它有五集。

唐：那跟电视剧差不多。

荣：那比电视剧要短。

田：《金瓶梅》拍了好几种电影。

荣：这个是最经典的，它这个片子还是有点意思的。一开始就是一个人的瞳孔，慢慢使我们看到是西门庆的，瞳孔里面是潘金莲在那里洗澡，就是说从开始就确定了一个主题，就是偷窥，我们很多人看《金瓶梅》就是一种偷窥的心理。

田：可是这跟看其他的小说没有什么不同，比如说看《红楼梦》，也一样是偷窥。

唐：它可能是情色的东西。

荣：偷窥的东西不一样。作为一个猎奇者，有一种很奇怪的心理。

田：我这本书出了好几年了，听到一些有趣的反馈。很多读者说，看到这本书之前还没看过《金瓶梅》，是看了你的书才去看的；还有的人说我爱看你的书，可是还是不想去看那个小说。

荣：我有一个小小的思想，把这两个拿到一起看，以前没有这么深的感触，看了你的书之后，就是词话《金瓶梅》更愿意把潘金莲塑造成一个受虐者的形象，而绣像本是潘金莲自己的意识好像要丰富一些，你们有没有这种感觉？这是我个人的感受。

田：我觉得绣像本比词话本更包容一些，它的角度，比较抽象一点来说就是绣像本比较有佛家的角度，词话本是加了很多说教的。

唐：儒家的。

田：当然这样说也有些简单化，但确实道德说教特别多，让你读了以后觉得好像就是，黑是黑、白是白，清清楚楚。

唐：对，是一个道德界定。其实更接近现代人的思考。

荣：田老师，有非常令我感动的地方，就是你在写作中把自己放到里面去体会人物，把自己化身为一个罪人去体会。

田：把自己化身为罪人去体会的不是我，而是作者，是以前的笺注者，像张竹坡。我在国内演讲的时候，有学生会说你对诗有一种特别的敏感。当然这里是有一些个人因素的，比如说一个人天性可以喜欢诗，对诗歌特别有感觉；但个人因素只是一个方面。很多时候，我觉得如何阅读文本是一种训练，文本细读更是一种专业训练，如果你能接受到这种专业训练的话，每个人在阅读的时候都能得出很多东西来，阅读会丰富得多、深刻得多，这也是文学研究者和文学爱好者之间的区别。我大学本科读的英语系，专业是英语文学，在大学时候就已经受了一些文本细读的训练，注意一个字、一个词的特别之处，比如说这个字和那个字是同义词，但为什么作者用了这个字而不是用那个字。现在国内的古典文学研究最大的一个遗憾就是基本上不做任何文本细读，如果谈一首诗，就把一首诗引在那里，诗的文本往往在语言的层次就已经很难读，但学者往往不做任何解释，只是关于诗的内容泛泛地大概地说两句，除了那些特别给大众读者准备的像诗词鉴赏辞典才会稍微细致一点，但那种辞典，真正做严肃学术的学者对它们是不屑一顾的，觉得这是给大众读者的。实际上，学者应该考虑怎么把学术研究与文本细读结合起来，这才是"文学研究"。

唐：而且我们古代文学本来也有这个传统，像字句的推敲基本上也是这样。

田：对啊，传统评点派有很多这样子的做法。

荣：像我们在国内，我知道你，小时候肯定是《少年文艺》，上面是有你的名字，这些年听听你的名字，还不是跟宇文所安老师联系在一起，我记得我在伊沙一篇文章中他提起过你。你知道伊沙吧？

田：我知道伊沙，诗人。

荣：对，他在写文章的时候，他是怎么提起的呢？大概是八十年代有一批写作的少年，现在还有谁谁，那个讲到了你。我觉得很有意思。

唐：你的那个《十三岁的记忆》好像被选入初中课本了。

田：对。我自己完全不知道，很多年以后才知道。

唐：我们上学时还没有幸看到它，它是最近几年刚选进去的。

荣：我们看到的是《少年文艺》。

唐：是啊，现在好像是选到初中课本儿去了，因为我看到那篇文章又搜索了一下，发现有人说，哦！这是我们初中课本上的。

荣：你现在还写诗吗？

田：偶尔还写。

荣：是新诗？

田：对。其实我很小的时候写旧体诗，后来很快转变了。

唐：为什么不选择旧体诗了呢？

田：觉得自由诗写起来比较顺畅吧。整个少年时代，一直都是写新诗。其实我对古典文学，因为家庭教育的关系，不是光背背唐诗之类，比如在古代汉语方面，我很小的时候就学习了《古文观止》，系统地学习了王力的《古代汉语》，而且把里面的所有诗文翻译为白话；在文学方面，我在父母指导下学习了中文系的很多教材。但有意思的是，少年时代的我虽然对古诗古文可以背诵很多而且也比较喜欢，可是没有特别的兴趣，当时最有兴趣的是英国诗歌特别是浪漫主义诗歌。十几岁的孩子，当然读到雪莱、拜伦、华兹华斯、济慈，后来还有叶芝，会激动不已，感觉无比亲近。我是到了美国在比较文学系读博士的时候转回到中国文学，那个时候等于走了这一大圈再回到中国古典文学，突然开始特别喜欢，但这种角度就已经很不一样。假如我一直在中文系念书的话，恐怕会觉得就是一个做学问而已，当然做学问没有什么不好，但恐怕不会觉得这是一种文学的研究，而更多地变成了一种文献研究了。

唐：这就像你打开了一扇窗户，又从这个窗口往回看这个世界一样。

## 四、现代知识分子的"民族国家"焦虑

田：角度不同的话，你看到的东西就很不同。但是，像《秋水堂论金瓶梅》，还不能算是严格意义上的学术著作。我的学术论著第一本是《尘几录》，关于陶渊明和手抄本文化，中华书局出了中文版；第二本关于萧梁时代的文化《烽火与流星》，繁体中文版已经在台湾出来了，简体版希望中华书局也快出了吧！这两本书，都是关于南北朝时期

的，这是我特别喜欢的时期。在那个时代，有大量的翻译文学进入中国。

唐：很多佛学。

田：很多外国人住在中国。

唐：也是一个比较乱的时代，比较多元，也是比较繁荣的时代。

田：跟现在有很多相似的地方；唯一不相似的地方，就是现代人特别焦虑，因为有民族国家了，大家一天到晚就焦虑得不得了，觉得失去中国文化特性怎么办？

唐：那种自信没了，根源也是缺乏这种动力。

田：这种焦虑，一个因素是文化自信的缺乏，另外一个因素就是现代民族国家的兴起，还有现在的全球文化。现代世界的布局都改变了，跟中古的时候世界很不一样，布局改变了就把你容纳到这种机制里头了，自然地就会有这种焦虑情绪。宇文所安有一篇写新诗的文章，译文发表在北大的《新诗评论》上，那篇文章把现代世界的这种格局比喻成好像是购物中心里面的食廊一样，在美国购物中心的食廊里，有印度饭、有中国饭、有意大利饭，等等等等，每种风味都有个代表，也就好象每一个国家文化都有一个代表，但是他们卖的那些饭的味道全都变了，和原来本国的地方风味不一样了。但如果你把一些中国的地方

· 哈佛校景 ·

本栏目图片由 荣光启 提供

风味比方说正宗的川菜摆上来，就赚不了钱。

唐：就没有人吃。

田：我觉得这是一个很有意思的一个比喻。一旦到了国际上，一个国家的文化就变成了具有地方性的东西，跟其他国家的文化产生张力。于是你老在那儿想，那边有印度的、有意大利的、有西班牙的文化，那中国的文化得是什么样子呢？

唐：就开始焦虑。

田：这不是一种很健康的现象。杜甫从来不会想，我是一个"中国诗人"，他也不会去考虑他写的到底是汉诗还是中国诗，他就是写诗而已。但时过境迁，我们有了民族国家，但民族国家这个概念本身就是西方十八、十九世纪才产生的概念，美国的知识分子（不是大众老百姓）对民族国家主义特别反感，觉得这像一个妖怪一样，扭曲了很多东西；"nationalism"已经是一个破产的概念。在中国，倒还是有很多知识分子局限于民族国家主义的情绪，加上政府也跟着推波助澜。

## 五、东西方文化交流中的汉语文学

荣：我说的那个诗歌论争跟你说的这个话题很有关系，像于坚应该说也是中国"第三代"诗人中非常优秀的诗人，他们特别强调、特别反感像王家新他们搞的写诗跟西方接轨，他们非常反感，他们觉得汉语是世界上最美的语言，压根儿就对西方文化看不上眼。

唐：我觉得想当然的就行，没必要刻意去追求，包括佛教在汉朝的时候进入中国，慢慢地过来，到了后来的这些年代，到了唐朝，其实它的很多语言已经中国化了，它的语言也进入到中国的文化里，像我们谈话就很难离开佛家的语言，像"缘分"、"许愿"这些都是。

田：是这样的，是这样的。

唐：像现在这样的语境，西方的进来也是自然而然，这样有一个内化的过程，没必要刻意去敌对，也没必要。

田：我觉得也是这样。世界上有很多东西，就是从货物到语言到文字，永远在流通不止，所以我觉得研究古典文化很有意思的地方，就是看看过去发生的一些事。一个东西，一个概念，一个物件，一个故事，从一个地方流通到另外一个地方，然后再到另外一个地方，经过辗转的翻译。很多文本刚翻译成英语的时候，人们觉得这个语言太糟糕了。

唐：结果现在成了经典。

田：是的。King James Bible，刚翻译

过来的时候被认为很糟糕,现在已经变成英语的经典了,代表了古朴而美好的英语文体。很多很多文本都是翻译的,人们从一开始就是从翻译来接受的。你刚才说有人说汉语是最美的语言,其实每个人都认为自己的母语是最美的语言,语言这个东西本来就没法客观。再说了,如果要较真的话,可以问问说这个话的人懂多少种语言啊,是不是作过比较呢。英国人会说英语是世上最美的语言,说俄语的人总是说:俄语绝对没法翻译,普希金根本就没法翻译,翻译了的都是渣滓;你只能用俄语来读!然后他就开始充满感情地用俄语来读!

**唐**:像法语、希伯来语都这样。

**荣**:他们就是认为汉语是没有办法翻译的,他们在世界各地参加诗歌节,有一种无比的汉语自豪感。

**唐**:这是一个不得已而为之的事情。

**田**:是这样。当然最理想的状态就是大家都去读原文,我相信读原文一定是最好的,可是世界上语言那么多,太多了,一个人最多能学十几种语言就很了不起了,你如果是从欧洲语系出来的,你可以很容易地学习很多语言,像法语、意大利语、西班牙语;如果是中国人,能通晓这几种欧洲语言就已经很了不起了,然后再加个日语、印度梵文……

**唐**:天啦!

**田**:所以我们永远都得有翻译。大家说来说去就是说诗歌不可译,当然不可译,有很多东西在翻译中流失了,可是总是重复说不可译不可译,毫无用处,也没有意义。

**唐**:这跟我们心思不可说一样,语言一旦出口就已经背叛你的意思了,跟翻译也是一样的。

**田**:所以如来就拈花微笑。诗朗诵会大家都不用开口了,微笑就可以了——

**唐**:每人拈一朵花!

**田**:很多人会问我这个问题,就是说你在美国怎么教中国文学,尤其是翻译成英文连味道都没有了。

**唐**:英美文学在中国也不是在教着嘛!而且还很重要。

**田**:但问题就是反过来问的时候很多人就一下子愣住了,没想到这一点。我记得有一次我去某大学做作讲演,一个学生说她小时候读了很多翻译过来的外国文学,从来没觉得有什么隔阂,她说:我觉得我很理解托尔斯泰!我说那和我们用英语讲中国文学不是一样的道理吗?

**唐**:她不知道你的圈套是什么。

**田**:因此,这种论点归根结底没有太大意义,而且强调不可译性最终会导致一种很悲观的论点，就是人类的各种文化都是互不可解的。

唐：就是老死不相往来。

田：是的。如果过分强调中国文学的不可译性，或者只有本土人才能真正理解中文，那也就等于说全世界各地的人大家都不要去读中国文学了，也不要学中文了，因为反正学了也学不好，读了译文也还是理解不了。那么是不是中国就应该在世界上自生自灭呢？可见这种态度是一种非常糟糕的文化传播策略和手段。

荣：前年，德国顾彬说到一段话，后来在中国变成是顾彬说中国现当代文学是垃圾——

田：那个我看到过。

唐：它就过于简单化处理了。

荣：后来他说他没有说这样的话，他说得非常具体，就是说中国现当代作家中像卫慧、棉棉这样的作家是垃圾。他讲的一段跟我们刚才讲的有关系，他说中国很多作家就懂一种语言，连英语都不懂，然后就举例子，说中国懂拉丁文的人，认真学过拉丁文的人大概只有刘小枫，中国人在这方面特别没有那种自觉的意识；然后他还讲到一个人如果他只懂一种语言的话，其实相当于他什么都不懂。

田：这也有点绝对，不过在当今全球化的世界上，懂一点外语总是好事。

荣：就是说你没有参照，根本不知道他为什么批评当代文学，他讲不是卫慧、棉棉的东西没有任何价值，而是说他们的起点不对，就像一个足球运动员，他的基础应该是把球控制好，然而中国的作家根本就没有这种语言的意识，他们只是写了一些新奇怪异的东西。他讲得这样具体。

田：新闻媒体很喜欢煽动性新闻，往往你说一句话他就给你断章取义，而且断章取义之后就把最有刺激性的语言做大标题，因为它为了吸引眼球，可是问题就是这句话被脱离了语境，你有时候说了一大篇话，最后报纸上就变成两句，那两句又要挑一个最刺激的、最有争议性的，真是怕人。其实文学价值是很难讲的，谁决定文学作品是有价值还是没价值、雅文学俗文学也很难有一种有说服力的区分。但顾彬有一些观点我觉得很有意思，比如对语言的自觉。其实读翻译作品也可以啊，至少对世界文化了解多一点。很多文化你都有一些没注意到的，通过比较研究就凸显出来了。Auerbach有一本很著名的文学理论著作 Mimesis，一系列章节都是阅读西欧的文学名著，第一章就是把荷马史诗《奥德赛》和《圣经》作了一个对比，很有意思，因为这两种传统放在一起，做一个对比，在比较之中，一个文学传统你没有注意到的特点就凸现出来了。顾彬希望人们对自己的文化有一种自觉，自觉要通过比较来得到。这个就回到我们开始说的那个教育体制的问题。他提的那个批评，就是有多少人懂拉丁文，这个就是要从学校做起啊。

唐：从教育做起。

田：当然，也可以在家里自学。

唐：连书都没有。

田：对，连书都没有，真的是这样。只有极少数学校才会开设一些所谓冷门语言的课程。

唐：我们学校有一个德文系的老师免费给我们开拉丁文课，跟学校讲，学校不给开，就说这个没有钱赚，就让她自己开，自便，她就到各个班去游说。

田：后来有人选吗？

唐：后来有人去选了。她真的是免费，不拿学校一分钱，我们很敬佩她。

田：你那个时候在山大吗？

唐：在山大。一个德国的老太太，她不会说汉语。需要有人作出这种牺牲。

田：还是要政府予以支持，予以经费。这种事不能只靠一两个人，这样的人凤毛麟角。每年秋天在北京有一个北京论坛，已经办了好几年了，由北京市政府和北大主办，也请一些人文学者去。今年我去参加，就准备谈中国人文学科的高等教育问题。目前在中国，中国学研究极为发达，无论什么清史工程，又是什么夏商周断代工程，基本上都是给国家增添光荣，锦上添花，展现中华辉煌。

唐：展现盛世。

田：辉煌、盛世。贫穷的时候固然不能称为盛世，但是不是有了钱就是盛世了呢，但中国现在真的是跟我们上大学那时候很不一样，现在，老百姓的生活水平，还有政府的财力，跟以前比不知上升了多少倍。

唐：这是多好的一个时机。

田：应该抓住这个时机。既然是一个世界大国，就要表现出世界大国的样子。应该把一部分国家的资金花在了解世界文化上。

## 六、新诗和现代旧诗的关系

荣：等会有事是吧？

田：对，马上就要开学了。

荣：如果你们要去国内开会，都是寒暑假的时间对吧？

田：暑假最好，寒假很短，那个时候学校有很多工作。你们是想在武汉大学开会？

荣：我们是想邀请一些相对比较专业的专家来专门讨论一下"现代汉语诗歌"这样一个概念。就是说汉语诗歌，在你看来，你也写新诗，你觉得新诗的一种理想的形态，或者说它的要求应该有哪些？写新诗的一些基本素质。

田：这个，我想一想吧。

荣：你去过武大吗？

田：少年时代去武大参观过。

荣：你对当代的诗歌有没有了解？就是目前。

田：我最近给李少君看的那篇文章，正好也是我在华东师范大学做的一个讲座，这是一个关于旧体诗在现当代写作的文章，不是那种很简单地说要呼吁保护当代旧体诗，什么继承文化传统，我不是从诗人的角度谈，是从学者、研究者的角度谈，就是如果写中国现当代文学史的话，我知道国内有很多争论文学史是不是要包括旧体诗？这是一个争论的话题，出发点要不就是旧体诗已经死掉了，我们应该面向未来；要不就是要包括旧体诗，但是提这种观点的人有时候出发点又太保守，认为旧体诗才有中国文化特色，现代人写旧体诗也必须以唐诗宋词为法，这样的出发点我也不能接受。但我是觉得从学术研究的角度，应该把新诗和旧诗放在一起来研究。

荣：对。

唐：很有意思。

田：原因之一就是刚才我们讲的那个比较，比如把《奥德赛》和《圣经》放在一起读，这种比较会看出两种东西各自不同的特点，但这个还是比较简单的一点；最重要的一点是我觉得新诗的产生是作为一种否定式的形式产生的，我所谓的否定性就是negative，它不是说消极的，它是作为一种抵制产生的，所以我说你不能写七言诗，所谓的自由诗根本不是绝对的自由，新诗人不能写每行七个字或者五个字的诗，因为那就变成七言诗五言诗了。因此必须意识到新诗是作为一种抵制而产生的，它的诞生本身就是一个"反动"的手势，是跟旧诗纠缠在一起难解难分的。同时，新诗的写作也改变了旧诗，现代的旧体诗写作跟清朝以前的完全不一样了，你不可能说我还能像杜甫那样去写诗，甚至像黄遵宪那样写诗都不再可能，这个不可能就是因为新诗的存在，我觉得新诗的出现给旧诗造成了一种很大的改变。

## 七，新诗很难有普遍的认识范式

荣：就是因为你自己写新诗，你想新诗大概是个什么样的状况？

唐：这个题目好大。

田：我没有理想中的新诗。

荣：就是你评价一首新诗，应该有个标准。

田：我没有一个理想的、抽象的标准。我要看到这个诗好的话我会具体地来分析，就是说为什么这个诗好，我还是可以用语言解说出来，但你希望我做一个规定，就是说怎么样的诗是我理想中的好诗，我没办法做得出。

荣：我有这样的一个观点，就是说诗歌，我们说现代诗，它至少有这么几个因素：当我们写诗，肯定是从感觉、经验和想象出发的，这是一个层面，一个要素；但是仅有这个肯定不是诗，因为所有的文体都来自这个。然后你是用一种语言写的对不对？就是说你对这种语言如果没有自觉，可能你的境界也是不高的；然后还有一个，诗歌作为一种文体，它有它独特的一些特征，汉语诗歌从古到今，还是有些共同的东西，至少有这三个要素对不对？经验、语言和形式。就是说我个人看现代汉诗，不管是什么诗，在这三者之间应该有一个平衡，如果你只追求，比如说现在有很多诗，是个性的，像北岛后来在海外的那种诗，追求那种极端的想象、那种意象，在我看来他的诗，到海外以后他的诗，有的很不错、很深刻，但也有很大的问题。这是我对诗歌的一个看法。

田：如果这种我们把很多规则抽象为一些理论或者理论性的一些规定的话，无论谁都会同意的，因为太完美了。我想，做文学研究、诗歌文本研究，做文学理论的研究，跟具体的创作，三点之间关系的张力是很复杂的。当一个理论家批评家在开始规定一些范式的时候，尤其是当你希望你的范式变成很普遍性的范式，就是希望很多人能够接受，那么你必然要避免太走偏锋，因为你会觉得越是普遍性的范式越是有很多人接受。那么问题就是，这样子的话，你的范式就会变成一种很抽象的理论原则，具体的实践很难以此为准，也就没有什么意义。

荣：但是你不知道在大陆这个诗坛，你要想建立一个稍微普遍的范式，大家对诗歌的共识，特别的困难。

田：可是为什么特别要建立一个范式？

荣：我是这样认为的：如果你写诗的话，没有一些对于语言或者说形式那样一些基本的自觉的意识，就是有的话可能会写得更好，没有的话你也行，其实我的看法是这样的，如果有的话你可能会写得更好。

田：这个我觉得，我……

荣：你不一定赞成。

·哈佛牧师塑像·

田:很难说。我自己有的时候写得很多,现在写得比较少,但是还是写,然后又在做学术研究。这两种东西很不一样的。我发现搞创作的话,有时候真的是跟你读的一些书是一定有关系的,但有的时候不是说你读很多东西就一定能写出好诗。那个东西很多时候就是一下子正好就是碰巧,一种encounter,一种偶遇,偶遇到一个意向,或者一个字词。但是广义上来说我同意,用汉语写诗,如果能读很多书,甚至能掌握的汉语词汇量大一点的也会很有意思的,会很有帮助。现在有时候觉得诗人的词汇量变得很小,你数一数,基本上很多新诗,你只要掌握差不多几百个到一千个单词量就可以阅读。我不是说一定要用生僻的字,但问题就是说,像五四一代人,他们写的很多的文字很有趣,他又绝对不是文言文,但也不是现代人的,而是介于两者之间,因为那个时候人,就是传统文学修养很深。但是另一个方面,五四那一代人很了不起,一方面他们有很好的古文功底修养,然后他们往往能够懂一两种外语,无论鲁迅或者是周作人还是郁达夫,郁达夫能读好几种不同的语言,或者钱钟书。现在很多人都研究钱钟书,变成"钱学",但为什么不能直接自己去看、去学钱钟书通晓的那些语言,去直接看那些材料呢?我觉得这里有个人的关系,但更多的是和教育体制有关系。这是一个很长的话题,如果有机会,明年见面的话还可以继续讨论。

荣:不好意思,耽误你们时间了。

唐:谢谢你。

田:没有没有。

·荣光启整理,经宇文所安、田晓菲二教授审阅·

# 经典美文

Prose

中国的味道　许知远

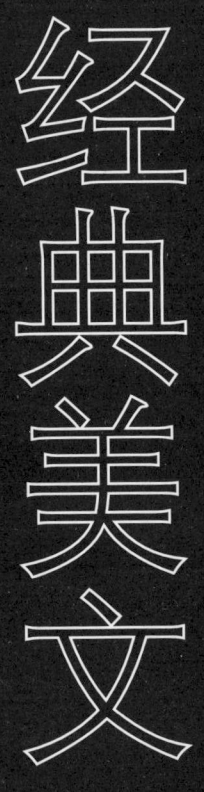

# 中国的味道

许知远

一

两碗黄酒之后,高信疆谈兴渐浓。他穿中式蓝色对襟褂,向后梳理的头发一丝不苟,其中黑、灰、白夹杂,架在鼻梁上的镜框足以遮住四分之一的脸,他的面色变红,皮肤微微沁出汗来。

他回忆起胡适与雷震,李敖和陈映真,在吃了一口黄瓜之后,还品评了古龙与金庸。谈起二十多年前的某一夜,古龙将他从溢满冷水的浴缸中强行拽出,他已喝了五瓶烈酒,浑身燥热,倘若任性睡去,就可能一别人间。

他声音浑厚,叫我把西红柿酱递过去时,大声称我"知远兄"。他还摔倒在从客厅前往卫生间的地板上,然后摆摆手说没事,似乎对超过六十年历史的身躯毫不在意。

这是2007年的冬天,我们坐在北京市的西坝河南路的一间公寓里吃炸酱面。公寓位于二环与三环间,与商业中心尚有距离。窄窄的西坝河安静地流淌,小路上的那间医院令人想起了集体主义的年代。这种安静在此刻的北京分外难得,这座城市变得太快了。二十年前,清晨街道里都飘着豆浆与油条的香气,小巷的拐角还堆放着大白菜,但如今的浓重雾气中是一座接一座的钢筋混凝土、落地玻璃窗的大楼,亢奋却乏味。沃尔玛超市提供了海水一般充沛的货品,层出不穷的时尚杂志,无穷尽的网络资讯,是此刻生活的写照,一切似乎都被卷入了速度与数量的漩涡中。

大约十年前,我就知道他的大名,那时我还是一名浑浑噩噩大学二年级学生。他是和一连串人、报刊、事件的名字共同进入我的视野的——陈映真、白先勇、李昂、《中国时报》、乡土文学、美丽岛事件……我尚搞不清这些人的年龄、成就与关系,仅仅知道在70与80年代的台湾转型中,他们是不可忽略的知识分子名录中的一部分。

那时候,爱伦堡的回忆录《人 生活 岁月》也在同学中流传。除去他早年在巴黎的浪荡岁月让我们心醉神迷外,我们也都喜欢书封上所提到的"解冻"两个字。我们还太年轻,体会不出当爱伦堡将这些青春记忆在60年代公之于众时,它引发起一代人内心多么强烈的骚乱。斯大林年代的流放、杀戮所激起的恐惧,无所不在的政治宣传带来的单调,冻结与麻木了两代人的心灵。如今,他死了,一个时代结束了。直截了当地去揭露真相,是一种反抗方式,它升腾起人们摧毁这种制度的强烈欲望。而重新去探讨生活的意义、展现生活的另一种可能,也是一种方式。既然专制体制带来的是恐惧、禁锢、麻木、单一、丑陋,让我们就努力让自己体验自由、敏感、欢乐、多元与美。

那一代苏联人的内心骚乱,在十年后又毫无障碍地传导到中国。当这本回忆录的节译本在70年代传入中国民间时,它影响了一代知识分子的成长。到了我这一代时,它仍动人,但阅读的狂喜已然不复存在,1997年的中国已和1977年的中国大不一样,那个彻底匮乏、压抑的年代已经消失。但是,它却没有彻底的过去。"解冻"这个词仍在心中泛起奇妙的涟漪——听到冰层的破裂的清脆,看到耀眼阳光下的消融,蕴含着无限的希望与生命。

而高信疆和他所属的一串模糊的名字与事件,是另一种"解冻"的呈现,它比爱伦堡更让我感到亲切。蒋介石在1975年的死亡,暗示着戒严年代的末日。曾经生活在强烈政治阴影下的台湾社会的思想生活开始松动。

倘若雷震、殷海光、李敖意味着黑暗之中的一道亮光，是力量悬殊之中的个体的悲壮和勇气。那么到了70年代末，分散的力量正在被汇集到一处，孤立的个人找到了组织，各种个人、团体主张与手段或许各不相同，他们是小说家、新闻记者、环保分子、政治活动家、艺术家，但他们却有着共同的敌人——政治专制。正是在这种对抗中，他们也展开自身最光辉、最富创造性的时刻。

二

见到高信疆时，我已不再是十年前那个过分理想主义的大二学生，逐渐意识到倘若没有社会各方面的对应变革，理想主义的光芒也终会暗淡。那个被我理想化的台湾转型岁月，已过去了将近三十年，一个越来越让人不安的事实是，那一代的最初高贵的民主理想，正在堕入一个庸俗民粹主义的泥淖。

我也比从前更清楚地知道了，高信疆是谁。不管怎样，他主持《人间》副刊，仍像是媒体历史与知识分子历史上的某个奇迹，它曾经如此深入和广泛地影响了整个社会，它设定的议题，为日后整个社会的发展，提供了智力上的准备。

不过，在那个炸酱面的夜晚，我没太多的机会表达自己的仰慕之情。再说，高信疆早在二十年前就离开了《中国时报》，他曾经短暂的执掌过香港的《明报》——这份报纸在80年代的香港，就像是《中国时报》在台湾，它们都是各自社会的价值标准的制定者。而在之前的七年时间里，他一直生活在北京。我听说他尝试过与不同的报纸、杂志合作，希望能将他昔日的经验移植到中国大陆，却都不了了之。对他那一代知识分子来说，一个统一的中文媒体世界，恐怕是挥之不去的渴望吧。台湾太小了，香港不仅太小，也过分特殊，只有大陆可能带来那种辽阔的魅力——超过十亿人，他们通过汉语联系到了一起。但是这个辽阔的大陆、巨大的人群，张开怀抱接纳了二流的台湾演员、过气的歌手、不入流的通俗小说，却没准备接纳真正的思考者和怀疑者。

不过，清风、明月、黄酒、炸酱面，却是谈论中国的一个恰当情境。"不能因为三百年的失败，就抹杀掉三千年的历史"，我忘记了谈到什么话题时，他说出这句话。他还提到了傅斯年的判断，在中国历史上，只要有七十年的稳定时期，它必定重获繁荣，从秦末的天下大乱到文景之治，从隋文帝统一中国到唐太宗的盛世，从宋太祖结束五代十国到范仲淹一代的兴起，期间不过经历了两三代人……

我不清楚傅斯年的论点出自何处，我的历史知识也不足以对此做出肯定或否定，但不知是黄酒还是别的原因，我内心洋溢起一种难言的兴奋。

我这一代人是在对中国文化的彻底怀疑中成长起来的，以至于习惯性的将现实的所有问题，都归咎于文化的基因，这其中也包括20世纪可怕的专制和荒芜的精神世界。很多时候，我们的否定刻薄而无情，仿佛这才意味着彻底决裂，而决裂才意味着新生。但是，这种刻薄却经常导致一种意外的结果——我们似乎变得更匮乏了、更单调了，内心更慌乱了。

随着年龄日增，对中国文化的了解欲望，已慢慢在内心滋生。我逐渐觉得，总有些卓绝和美妙的特质，才让这个民族绵延至今，并曾创造出那样的灿烂精致。

那天夜晚，高信疆似乎照例大醉而归。朋友扶他离去时，像是扶着一个踉跄的老侠客。只可惜，他住的地方不富任何诗情——亚运村。

三

我计划再去拜访他，听他讲那些风云往事，再去追问傅斯年的那句话的来历。

但等到来年初时，他的北京电话打不通了，接着就是听说他在台北住院了，患的是大肠癌。我也听说陈映真也一直在住院。

一个时代似乎都在谢幕。2008年11月，我第一次到台湾旅行。在九天的行程里，我不间断碰到象征意义的新闻事件——陈云林的访台、王永庆的葬礼、台湾沉寂多年的学生运动的复苏，当然也有《中国时报》产权的转让，以生产米果著称的食品公司旺旺集团成了它的新东家。我记得交易结束一周后，编辑部才进行了姗姗来迟的表态，发表社论《变动时代中 不变的媒体理念》。编辑们试图捍卫最后的自信与尊严，他们举出了《华尔街日报》与《洛杉矶时报》的例证——它们虽也所有权更迭，却仍保持着昔日的新闻品格。但比照其辉煌历史，最后的坚守中满是物是人非的感慨。

我不知高信疆听到这一消息时将作何感慨，他人生最辉煌的岁月都与这家报纸息息相关。而对于台湾和几代华语读者来说，这家报纸也从来不仅仅是一张报纸、一桩生意，而是一种精神、品格、价值观。

再接着，我听到他去世的消息。他的实际年龄比他看上去的更年轻些，出生于1944年，不过65岁。他在40岁之前，就完成了一生的主要功业。

一连几天，我都在回忆我们唯一一次见面的场景。或许也在暗暗比较我们这两代人之间的异同。他们那一代要反抗政治禁锢对个人自由、思想和审美带来的伤害，而到了我们这一代，敌人已不再如此明确，反抗力量也因此瓦解，但消费文化和扭曲的政治形态却塑造了一种新牢笼，将我们困于其中。不管台湾还是大陆，解冻时期所蕴含的希望与理想，正在重演帕斯捷尔纳克的感叹："这种事情在历史上已发生过多次。崇高的理想变成了粗俗的物质。因此希腊变成了罗马，因此俄罗斯启蒙运动变成了俄罗斯革命。"

不过，我们丢失掉的不仅是他们那一代的纯真和勇气。我更感到还有那股浓烈的情感，它深藏于一代代最优秀的中国人身上，让他们即使在悲观的时刻，仍有行动的勇气，而不仅仅是现实的俘虏。

(鄂)新登字08号

**图书在版编目(CIP)数据**

汉诗. 第9辑，里面有人 / 邓一光主编. -武汉：武汉出版社，2010.5
ISBN 978-7-5430-4946-8

Ⅰ.①汉… Ⅱ.①邓… Ⅲ.①诗歌-作品集-中国-当代
②散文-作品集-中国-当代Ⅳ.Ⅰ217.1
中国版本图书馆CIP数据核字（2010）第072094号

## 汉 诗

出 品 人　彭小华

出　　版　武汉出版社
社　　址　武汉市江汉区新华下路103号　　邮编：430015
电　　话　（027）8560403　85600625
Http://www.whcbs.com　　E-mail:zbs@whcbs.com
主办单位　武汉市文联文学院
编　　辑　《汉诗》编辑部　E-mail:hanpoem@163.com
电　　话　（027）82616672
编辑部地址　武汉市解放公园路44号　　邮政编码：430019
印　　刷　武汉精伦达印刷有限公司
经　　销　新华书店

开　　本　170mm×240mm　1/16
印　　张　15　字数：200千字
版　　次　2010年5月第1版 2010年5月 第1次印刷
定　　价　28.00元

**版权所有·翻印必究**
如有质量问题，由承印厂负责调换。